奇幻書界 ①

失物之靈

蘇飛 著

山邊出版社有限公司

目錄

序章

　　天空打了幾個響雷，暗沉的烏雲一大片飄過，雨卻遲遲未下，大概錯過了落下的時機。

　　天，灰濛濛的，陰鬱的空氣佔滿天際，讓人心情也憂鬱起來。

　　路上行人低着頭疾步行走，大家都怕被驟雨淋濕，這城市的暴雨可是説來就來。

　　街道上的車輛斷續地塞着，鳴笛聲偶爾嘟嘟響起，排氣管冒出的一氧化氮氣體充斥於大地，這是大都會最常見的風景。

　　烏雲被壓得快碰着地面時，大雨突然傾盆而下。

　　主婦們趕緊從院子或陽台收下晾曬的衣物，行人更是飛快地躲進大樓內或尋找遮蔽處避雨。商販們則悻悻然地坐在冷板凳上，看着店外潮濕模糊的雨景。

　　堵在車龍裏趕着回家的駕車人士也只能暗歎：什麼時候才能到家？

時值三月，正是東北季候風吹來的時節，午後雷陣雨對這大都會的人們來說，原本是司空見慣、再普遍不過的事。

　　然而，就在這再平凡不過的午後，在這大都會的某個地方，發生了一些不平凡的事⋯⋯

1 求救

都會中聳立着一座高樓學府。學府罕有的靠山而建，被青蔥園林環繞。

此時悠長的放學鈴聲響個不停，似母親在呼喚孩子們回到她的懷抱，親切愉悅的聲響迴盪着校園。同學們緊繃的腦袋一下被鬆綁了，個個飛也似的奔出課室。

小希低着頭匆匆走出校園。她不急着回家，但她必須快點離開，免得被「某人」騷擾。

她最近被某個麻煩人物盯上，麻煩人物時不時就來找她，但她並不像一般人所想那樣被人欺負。

麻煩人物愛纏着她問老師布置的作業，明明有那麼多人可以詢問，麻煩人物卻只問她一人。

遇到不會的功課，麻煩人物會要她教導，考試前也愛捉着她一起複習。沒有考試的日子，麻煩人物會要她一塊兒到學校附近的便利店買零食、飲料，或者到不遠處的商場閒逛和喝茶、到電玩中心玩遊戲。

小希並不喜歡到處閒晃，她喜歡窩在家裏看書、上網。麻煩人物卻不理會她的喜好，總是拉着她做她

不想做的事。

小希不喜歡如此被依賴，或者說——「霸道」的友誼。因此，她開始疏遠麻煩人物，原本常上社交網絡瀏覽的她，也很少上線了。

麻煩人物曾向她要手機號碼，但小希的父親堅決不讓小希擁有手機，因此小希沒辦法給他。這算是慶幸？

小希時常生氣父親對她的管制太多。有一個霸道的父親已經令她不勝厭煩，現在還有個霸道朋友，小希當然避之不及。

出了學校大門，小希疾步走在鋪上水泥的走道。

她的家距離學校並不遠，走路只消十五分鐘，因此她選擇徒步來回學校。

走道右側是一條繁忙的公路，小希總是慣性地留意四周動向。她沒忘記母親的叮嚀，近日頻傳的拐帶事件也讓她提高了警覺性。

天空又打起一個巨大的響雷，小希抖了一下，縮了縮身子加快腳步。她一向懶得帶傘，她可不想一副落湯雞的狼狽模樣回家呀！

前方有個小小的公園，小希時常會在家附近這個僅有的公園蹓躂鞦韆，數數樹上的小鳥，觀察草地上的螞蟻和不知名的蟲子，或坐在老樹遮蔭的長凳上發呆。

今天她走過這個公園時，卻是疾步而過。因為雨神像是有意戲弄小希，在小希踏進公園的一霎傾盆降臨。

小希忙不迭地加快腳步，就在她匆匆跑過公園紅磚步道的時候，和一個突如其來的物體衝撞了一下！

由於是迎面撞擊，衝擊力相當大，小希整個人往後跌了個四腳朝天。

她全身沾滿公園草地的泥漿，臉部還被豆大的雨點噴打，這樣的景況怎一個「狼狽」了得！

看着滿身污泥的自己，還有掉落身旁的可憐書包，一向溫順的小希也忍不住火冒三丈。她正要開口喝罵撞向她的物體時，卻咕嘟一聲，把所有到嘴的話都吞進肚裏了。

她望着眼前的「牠」，壓根兒罵不出來。

站在她跟前的，是一隻毛色烏黑、體型瘦小的黑狗。牠全身被淋得濕答答，看起來既瘦弱又可憐，尤其牠那烏溜溜的眼珠一個勁兒地盯着她，似在向她求饒。

「呼，算我倒霉！怎麼會和狗兒相撞啊？」小希嘀咕着拾起書包，看了一眼黑狗，又暗歎口氣，走向歸家的路。

黑狗汪汪叫着尾隨其後，對她糾纏不已。小希數次揮手驅趕牠都無效，最後她回過頭喝止牠：「嘿，別跟着我！去！去！」

黑狗不理會小希的驅逐，依舊緊跟着她。

小希終於止步，嚴肅地瞪着黑狗。

小希曾看過一篇文章，説到對付不斷吠叫的狗兒，只要毫不畏懼地看進狗兒眼底，就能起到威嚇狗兒的作用。

小希突然想起這一招，於是她鼓起勇氣瞪視黑狗。就這樣，一人一狗四目相投，黑狗的眼珠很圓，瞳孔散發綠褐色光芒，像玻璃珠子那麼晶瑩剔透，好漂亮。

小希看着看着，不禁讚歎起來。

不曉得是否被小希凌厲的眼神震懾，黑狗的眼神變得溫順，也不再吠叫了。

小希覺得很神奇，想不到那篇文章所寫的方法真起了作用。

小希不禁笑了，得意地轉身離去。

不料黑狗卻跑在她前頭，比她先抵達家門。黑狗朝小希用力搖晃尾巴，口中嗚嗚叫着，一副我見猶憐的模樣。

看來黑狗並沒有放棄糾纏我呀！小希暗歎道。

就在此時，小希在大雨傾瀉而下的朦朧雨幕中，竟看見黑狗舉起右前肢揮舞着，像在比手語，而口部還張合着，像在與她對話。

小希揉了揉眼睛，怕是自己眼花了。

「這是什麼情況？這是隻會說話的狗嗎？」

「牠怎麼知道這是我的家？」

「難道牠之前跟蹤過我？」

「啊！難道牠是外星來的狗？」

一連串不可思議的想法在小希腦海蹦了出來。

最後，小希正色地看着黑狗，說：「你就是想跟我回家討吃的吧？」

黑狗嗚嗚叫着，搖頭擺腦的。小希看牠可憐，打開籬笆門讓牠進去。

小希心底認定黑狗是流浪狗。她笑自己剛才腦洞

開太大了，居然會有那些不可思議的想法。

「吃吧！你暫時在庭院呆着，等雨停了就走。」小希取出一些昨晚的剩飯剩菜，盛在一個空的花盆底盤，對庭院的黑狗說。

黑狗嗚嗚叫着，似乎很不滿意這頓食物。

全身濕透的小希實在沒心情理會牠，「砰」的一聲嚴實地關上了大門。

小希把門關上後，黑狗仍在門外吠叫不停。牠一會兒汪汪叫，一會兒嗚嗚叫，一會兒變換着聲線咿咿嗚嗚地嗷叫。

其實，牠是在跟屋裏的好朋友——小希對話！

「喂，喂！開門啊！」

「喂，小希，快開門！」

「我是你的好朋友哇！快開門！」

「我知道你不會相信這個事實，但我變成狗了，我需要你的幫忙……」

黑狗嘗試對屋裏的好朋友解釋，但聽在人們耳裏，就是連串狗兒的嚎叫。

最後黑狗累了，終於放棄嚎叫。牠低頭盯着眼前的剩飯菜。這是牠的好朋友小希好心施捨牠的食物。

唉！想不到牠竟然淪落到讓朋友施捨飯菜。牠暗歎着，肚子發出咕嚕咕嚕的聲響。

牠快餓昏了，但基於人類的尊嚴，牠決定忍住饑

餓。

「再怎麼餓，都不能吃這種食物！我不是狗，我是高貴的人類，而且我對食物可是非常有要求的！」

黑狗忍住饑餓，茫然地望着屋檐外朦朧的雨景。

這場長命雨不曉得要下到什麼時候？

黑狗長吁口氣，索性趴在門口的毯子上。牠準備休息一會兒，儲備體力，否則待會兒怎麼有力氣繼續向好朋友求救？

黑狗才閉上眼，肚子又不聽話地發出咕嚕聲。

黑狗瞄向眼前的剩飯菜，咕嘟一聲咽了下口水……

卡車司機的神秘包裹

一天前。

雷聲轟隆轟隆響個不停，烏雲蓋天，眼看一場暴雨就要落下。

俊樂懶洋洋地窩在溫暖的牀上。肚子偏偏在這個時候餓了，唉！他最受不了肚子餓。

昨天他發高燒一整天待在家，睡醒吃藥，吃了藥繼續睡，就這麼昏昏沉沉地睡了一天。由於沒胃口進食，他只吃了些流質食物。

今天身體狀況好些，肚子就開始打鼓了。有胃口吃東西，證明病也快好了。

俊樂爬起身，準備出去找些食物充饑，但眼角瞄到了桌上的平板電腦。

他忍不住拿起，按了密碼，打開通訊軟件的聊天羣組看同學們昨天又在八卦什麼。

同學甲：今天歷史課老師又離題了。

同學乙：對呀！吳老師最喜歡「講古」，不過我很喜歡聽她分享以前在國外的遭遇呢！

同學甲：每次分享她的經歷，考試快到時又得補

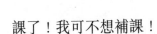

課了！我可不想補課！

同學丙：不會啊！我倒是很喜歡補課。

同學甲：不是吧？你是不是太空閒了？既然那麼得空，幫我做英語功課吧！

同學丙：補課可以偷偷帶手機去學校啊！

同學乙：哦，你偷拍我們！

同學丙：哈哈哈，是光明正大地拍啦！每天上學、唸書，太無聊了嘛！

同學們聊着有的沒的，但就是沒有一個人提到他昨天沒去上學的事。

俊樂有些失落。

大家都不在意他有沒有去學校嗎？

一直以來，在學校愛作怪的他，可能真的「有點兒」不受歡迎吧？

上一回，有個同學在羣組裏不小心透露了某個同學很討厭他的事。結果另一位同學竟然附和説也不喜歡他。

雖然他們之間的對話很快就被刪除，但俊樂還是看到了。

原來他在同學之中這麼不受歡迎。他可以理解每個人都可能被其他人討厭，但如果不只一個人討厭自己，這對任何人來說，都是很難接受的事吧？

俊樂很想知道同學們為什麼不喜歡他。於是，他

有一次鼓起勇氣問他的鄰座祖銘。

祖銘給了他一個白眼，轉過頭去不理他。

俊樂不放棄地追問，最後祖銘煩不勝煩地說：
「是啊！大家都不喜歡你，誰叫你那麼『小狗』？」

祖銘說完，抿嘴偷笑，又別過頭去。

「小狗」，是俊樂班上同學近來很愛用的一個形容詞。舉凡做出惹人討厭、不招人喜歡的事，都會被其他同學講「你真是小狗」；或做了傻事、很笨拙，也會被說「你小狗啊」。

因此，「小狗」就是討人厭、傻、笨的代名詞。

祖銘的回答讓俊樂無語。

他從來不覺得自己是「小狗」。難道這就是當局者迷？

俊樂自認在學校很努力地搞笑，也時常令同學和老師發笑。

尤其上歷史課的時候，俊樂最喜歡抓着吳老師問東問西，而吳老師被俊樂一問，話匣子一開，通常就很難收回。

吳老師嗶哩吧啦地說着國外冒險的經歷，有時候下課鈴聲響了還無法停下來。

對了，會不會是因為他問太多，讓同學們遲下課，導致同學討厭他？俊樂不禁思忖。

俊樂無從得知，因為同學們不可能當面跟他說明

討厭他的原因。

「唉！世界上不明白的事真的很多。我也沒辦法阻止別人討厭我。」俊樂感歎着，走出房門，「幸好還有她。她是我在班上唯一的好朋友。」

俊樂口中那個「她」，正是小希。

小希是他小學的同班同學，升上中學後，兩人又非常湊巧地被分配在同一班。

或許是這樣的特別關係，當他要求小希教導他不明白的功課的時候，小希從來不會拒絕他。他邀小希到附近的快餐店吃東西，小希也樂意陪伴他。

小希總是對他有求必應，不會拒絕他。

小希大概是他中學最要好的朋友了。

想到這裏，俊樂下垂的嘴角往上一提，欣慰地笑了笑：「嘿！別人討厭我又怎樣？我至少還有一位好朋友哇！」

俊樂很容易惱火，但也可以因為一件微不足道的小事就滿足、快樂。

俊樂走出房間，發現母親不在客廳，也不在廚房。

「媽咪去哪兒了？」

俊樂望向牆上的時鐘，現在接近下午二時。

「哦，還有一個小時就放學了。」

俊樂走到大門口，看到母親正從車房走過來，手

裏提着大包小包的，應該是剛從超市回來。

俊樂的母親李麗芳是個晚婚女子，年紀比俊樂同齡孩子的母親大了些許。也正因為年紀較大才有了孩子，對孩子自然也比較緊張。

麗芳發現俊樂在大門口吹着風，趕緊走過來說：「哎，還沒病好就不要出來嘛！要是着涼了怎麼辦？」

俊樂趁勢撒嬌：「媽咪！我肚子餓扁了！」

「好，好。媽咪煮了粥，現在就去弄熱給你吃。」

麗芳匆忙走向廚房。

俊樂不悅地在沙發躺下來，故意加大聲量：「餓死我了！」

「好啦好啦！馬上就好！」麗芳在廚房手忙腳亂。

俊樂等得有些不耐煩，氣呼呼地嘟起了嘴。

俊樂在家可是個小霸王，他知道母親事事順着他，因此早已習慣了對母親予取予求，態度也越來越傲慢，總是頤指氣使地對母親說話。

麗芳也習慣了兒子的任性，遲婚的她對孩子過度緊張，常擔心自己把孩子照顧得不好。因此，對於孩子的要求，她都會盡量滿足。

殊不知她的疼愛導致孩子對她不尊重，甚至變本

加厲地使性子。

　　孩子得不到喜歡的東西時，會朝她發脾氣亂扔東西；孩子吵着要買的東西，她寧可少吃一頓也要想盡辦法買給他；孩子不想吃飯只想吃快餐，她也隨他喜好；孩子受了小小的傷，她可以為此傷心、哭泣老半天。

　　為了孩子，她總是焦頭爛額地忙活着。

　　看，她現在正在廚房扭開爐火，弄熱早上煮好的粥。接着，她一邊將需要放進冷凍庫的肉類分類，一邊燒水準備沖泡洋參鬚給孩子解熱。才把肉類放好，粥就滾了。麗芳忙關掉爐火，將滾燙的粥倒在一個大碗裏頭。這時，水剛好燒開了，她又忙着關掉煮好的開水，打開冰箱急急忙忙地找出洋參鬚。

　　此時的俊樂，正翹着二郎腿躺在軟塌塌的沙發上，眉頭皺得快要打結了。

　　他氣呼呼地盯着電視節目，腦袋卻空泛一片，只聽到肚子打鼓的巨大聲響。

　　「還沒好啊──」俊樂又扯開喉嚨喊了。

　　麗芳從廚房傳來：「就好了，寶貝。」

　　俊樂用力地呵口氣，嘀咕道：「每次都慢吞吞的，想餓死我呀？」

　　俊樂說着，眼角瞄向落地玻璃窗外。

　　門外響起一陣樂聲。俊樂側耳傾聽，聽出那是蓋

希文的《藍色幻想曲》。俊樂從喜愛的卡通片中聽過這首曲子，還特地從網上下載來聽。

他馬上從沙發跳了起來，打開大門探個究竟。

原來那音樂是從一輛看似收破爛的白色小卡車傳出的。

小卡車做了些裝飾，還噴上古老的幾何圖案，既瑰麗又神秘，煞是好看。

俊樂覺得好像見過類似的圖案，但一時想不起在哪兒見過。

這時，卡車司機把頭擰過來望向俊樂。

「他不會以為我要賣破爛吧？」

俊樂想着，趕緊晃晃頭，表示他沒有破爛要賣。

卡車司機還是停下來了。司機走下車子，站在他們家籬笆外。

俊樂這會兒才看清卡車司機的模樣。他身着白色襯衣，其外裹着深褐色小馬甲，再披上一件卡其色過膝風衣，配上剪裁合身的墨綠色西裝褲，頭戴獵鹿帽，活脫脫十九世紀的紳士範兒。

「怎麼會有人穿成這樣？難道他是戲劇演員？」

俊樂想着，見到他向自己招手，猶豫着要不要出去。

司機朝他喊話了：「你是不是俊樂？」

司機居然曉得他的名字。俊樂一聽，嚇了一跳，

趕緊應答：「哦，是的。」

「有你的包裹。」司機說。

「噢，原來那不是收破爛的車呀！」俊樂心想着，趕緊打開門，穿上拖鞋出去。

俊樂從司機手中接過包裹，卻發現這包裹沒有寄件人，好奇問道：「是什麼人寄給我的？」

司機看進俊樂眼底，嘴角往上牽動一下，說：「是一位一直在你身邊，你卻沒注意到的人。」

「一直在我身邊，我卻沒注意到的人？」俊樂狐疑地重複道。

「收破爛的司機，噢，不，快遞公司的員工在給我猜謎嗎？」

俊樂歪着頭想着到底是誰寄東西給他的時候，快遞員神秘兮兮地說了句：「你接受了，可不能反悔。」

快遞員工說完轉過身，俐落地爬上司機座位，踩動油門，很快地消失於俊樂的視線。

俊樂愣在原地老半天，想着快遞員最後說的話。

「反悔？我為什麼要反悔？」俊樂狐疑地嘀咕着，但看到手上的包裹，立刻將所有困惑拋到九霄雲外，興沖沖地跑進屋裏。

俊樂馬上打開包裹，一個精緻的陶瓷音樂盒呈現在他眼前。

陶瓷音樂盒呈圓形，蓋子上是華麗優雅的花卉浮雕，邊上的浮雕圖案素雅高貴，底下是四個攀附着枝葉、雕刻精細的支腳。

從來不愛音樂盒的俊樂也不禁看傻了，喃喃唸道：「好漂亮……」

俊樂捧着音樂盒，愛不釋手地欣賞着它那色彩典雅的精美浮雕，然後小心翼翼地打開前方鑲上金邊的浮雕扣子。

蓋子掀開後，一個華麗的中世紀舞台場景呈現眼前。絨布狀的紅色舞台中央有隻小黑狗，一副準備跳舞的姿態。

「哈哈，狗兒轉圈跳舞應該很滑稽吧？」

俊樂興致勃勃地翻到音樂盒底下，轉動那心形的旋轉桿，轉了幾下，剛才俊樂聽見的《藍色幻想曲》立刻響起。

俊樂咧嘴大喜，準備好好聆聽的當兒，一陣怪異的旋風卻驟然吹向俊樂，將俊樂團團圍住，把他牽引進旋風內！

俊樂來不及喊叫，只感到頭重腳輕，整個人似乎去到一個異度空間，迷迷糊糊地搖擺其中。

旋風轉了好一會兒才停下，俊樂感到頭暈目眩，腳也站立不穩。

好不容易站直身子了，俊樂定睛一看，周遭的物

件好像變得高大了。

　　「咦？為什麼家裏的東西變大、變高了？」

　　俊樂沿着客廳走一遍。

　　「真的！家裏東西都變大了！好神奇！」

　　俊樂感歎着，走向偏廳。這時，他從豎立着的穿衣鏡看到了一隻小黑狗，他趕緊喝斥牠：「喂！出去！出去！」

　　誰知叫了幾聲，只看到鏡中狗兒朝他狂吠。

　　「快點出去！再不走，我拿掃帚趕你！」

　　小黑狗還是狂吠不已。俊樂覺得不對勁兒，一步步趨近穿衣鏡，然後他驚訝地發現一個可怕的事實——他正是鏡中的小黑狗！

　　剛才發出的吠叫聲，正是從他嘴裏發出的！

　　俊樂想捂嘴，卻抬不起手，他低頭看到自己的手不知何時已變成了毛茸茸的小短腿！

　　俊樂不能置信地瘋狂嗷叫，最後他氣極了，用力地朝那討厭的短腿咬下去——哎！痛死了！

　　帶着腿部的刺痛感，俊樂站到穿衣鏡前仔細觀察自己。

　　鏡中的小黑狗，是俊樂見過的一種導盲犬——拉布拉多犬，但他看過的是黃色毛髮的。

　　俊樂在鏡子前呲牙咧嘴，做着各種難看的表情和高難度動作，又打滾又轉圈又站立，直到趴在地下吐舌喘氣。

　　他看向鏡子內喘氣的狗兒，終於意識到，他真的變成一隻黑狗了！

　　「我一定是在做夢，一定是！」

　　俊樂無法相信眼前的事實。想不到同學之間常揶揄他是「小狗」的戲言，竟然成真？他現在不承認自己不是「小狗」都不行了！

　　俊樂急忙跑向廚房，想尋求母親的幫助，但廚房空無一人，煤氣爐旁邊放着一大碗還在冒煙的熱白

粥。

「奇怪，媽咪去了哪裏？」

「媽咪！媽咪！」

俊樂把屋子裏裏外外都找遍，就是找不到媽咪。車房的車子還在，平時媽咪帶出去的鑰匙、手機和錢包都在桌子上，媽咪最愛穿出街的鞋子也擺在玄關。

不，媽咪不可能讓他餓着肚子！粥都煮好了，媽咪不可能不端出來給他吃。這一切，都證明了他的媽咪並沒有外出。

怎麼辦？媽咪好像從這個屋子消失了!

「媽咪⋯⋯」俊樂哀嚎着，哭得稀裏嘩啦的，眼淚淌了滿地。

世界上最疼愛他、最順着他的媽咪不見了，而他，竟然變身成一隻黑狗！

他不能接受這樣荒謬的事，況且他從來沒有做過壞事，上天怎麼會用這麼奇怪的方式懲罰他？

「媽咪⋯⋯怎麼辦？我好累⋯⋯好害怕⋯⋯」

他的肚子打了聲響鼓，但他現在壓根兒吃不下任何東西。

他就這麼趴在地下，再也起不來了。

剛病癒的他，現在只想好好地睡一覺。

睡醒了，一切就回復正常了吧？俊樂想着，闔上濕潤的眼睛進入夢鄉。

黑狗的眼淚

黑狗俊樂昏睡了一天一夜，醒來時已是隔天早晨。他抬頭看向偏廳的時鐘——八時二十五分。他瞄到了穿衣鏡中的黑狗。

「為什麼？為什麼我還是狗？為什麼？」

黑狗俊樂嗚咽哀嚎。他巡視整間房子，還是不見母親的蹤影。

黑狗俊樂的父親在國外出差，沒有個把月不會回來。這說明黑狗俊樂至少有一個月的時間不會被人發現他變成狗這件事。

學校的同學和老師會不會在意他突然沒去學校了呢？

黑狗俊樂想起他生病沒去學校，同學們都若無其事，宛若他是不存在的人。他不禁自嘲道：「大概也不會有人發現我不在的事吧？」

黑狗俊樂看着鏡子中的黑狗，赫然想道：難道我一輩子都得是這副模樣嗎？

「不，不，不！我不可以這樣一輩子！我不要一輩子變成狗！」

黑狗俊樂哀叫着，眼淚稀里嘩啦地流出來。他伸出前肢戳向眼睛，卻感到眼睛疼痛不已。

他又氣又急地歎氣道：「唉！變成狗，連眼淚也擦不着。」

黑狗俊樂就這麼任憑眼淚往下滴。不知道過了多久，黑狗俊樂望向地下，他珍貴的眼淚積成了一汪水窪。

他突然止住了哭泣。

「哭泣是沒用的，我必須做些事，可是現在的我什麼也做不了。有誰會相信我？」黑狗俊樂咿咿嗚嗚地叫，腦海卻立刻蹦出個人影。

「小希！對了，我還有小希！她一定會相信我的！」

黑狗俊樂用力地吸吸鼻子，眼前似乎閃現一道矚目的亮光。

他飛也似的拔腿奔了出去。

黑狗俊樂跑到小希家門前，發現這個時間點小希在學校上課。

於是他唯有默默地等候。偶爾有人路過，對他投以警戒的眼神時，他就覺得很難受。他又不會攻擊人，也不是可怕的猛獸，為何人們對他這麼有戒心？

他無所事事地到處溜達，最後來到小希平時常去的公園。

公園裏有張長凳可以躺着休息。於是他窩在長椅上又睡上一覺。

他再次睜開眼，是因為豆大的雨水打得他渾身刺痛。

黑狗俊樂驚醒過來，趕緊跳下長椅，怕自己錯過了小希返家的時刻。

他拔腿往前狂奔，卻和在雨中疾跑的人影撞個正着。

再後來，他順利地尾隨小希來到她的家。

這會兒，黑狗俊樂就在小希家門口，盯着眼前的剩飯剩菜，口水咕嘟咕嘟地吞個不停。

最終，饑餓戰勝了尊嚴。

黑狗俊樂低下頭，大口大口地吃着剩飯剩菜。餓了兩天的他，從來都不知道剩飯剩菜竟然如此可口！

待他把碟子裏的食物吃個精光之後，才氣憤不已地在原地直轉圈。他生氣自己竟然認為剩飯剩菜是美食！

「哼！以前媽咪每個星期都帶我去吃日本料理、法國菜，不然就去酒店吃 buffet 喝High Tea，蛋糕不是在XXX蛋糕店買的，我才不要吃呢！還有，吃雞腿、魚和蝦子時，都是媽咪幫我剝好了給我吃；湯汁油膩，媽咪也會撈起浮在面上的油；我不喜歡洋蔥，媽咪會幫我把洋蔥蛋裏頭的洋蔥撿出來……」

想到後來，黑狗俊樂更難過了。他非常非常想念他的媽咪。

「媽咪到底去了哪裏？那些美食都跟我無關了。我以後再也沒辦法吃到美味的日本料理，享用精緻的下午茶，也不能聽到媽咪説，俊樂你做得真好……」

俊樂的媽咪總喜歡誇他。

想着想着，黑狗俊樂又哭了。他是人類時，就是個愛哭鬼。哭泣不只是女孩的權利，男孩的眼淚才是真正的武器。

他很早就知道這個道理，因為只要他一流眼淚，母親就會急忙過來抱住他，要他別哭，並答應他的任何要求。

現在，誰會在意一隻狗兒的眼淚？他的眼淚武器，本來就只對母親有效。

黑狗俊樂停止了哭泣，着急地拍擊小希家的門板。見沒回應，他索性整個身體朝門板撞過去！

小希終於開門了。

「哦嗚，哦嗚，哦嗚……」黑狗俊樂趕忙向小希述説自己的遭遇，可惜聽在小希耳裏，就是野狗的吠叫聲。

「喂！再吵我就要趕你出去了！」小希瞪着眼前的黑狗。

黑狗俊樂靈機一動，用前肢朝眼前的泥地劃來劃

去。他在盡力寫自己的名字，但看在小希眼裏，卻像是在挖坑。

「嘿！不可以在這裏挖洞！你不能在這裏大便！」小希氣憤地拿起一旁的鏟子威嚇。

黑狗俊樂有苦不能言，趕緊費力地用後腿支撐身體，揮動着前肢，晃晃頭表示自己不是要大便。

「你……」小希覺得這黑狗不尋常，為什麼牠好像聽懂人話？黑狗居然還曉得用後肢站立。那搖擺不停的前肢……是在表演雜耍？

黑狗俊樂揮舞着前肢，一個重心不穩，向前直挺挺地撲倒。這回真的是跌個狗吃屎！

小希看着滑稽的黑狗，皺了下眉頭，過去把黑狗扶起來。

「雨停了，飯也吃完，你出去吧！我爸爸不喜歡狗貓，不可能養你的。」小希說着，把個頭瘦小的黑狗一把抱了起來。

誰知黑狗不斷掙扎扭動身體，接着就從小希手裏溜了下來，衝進屋裏去！

「啊！糟了！」小希倒吸口氣，趕緊追進屋裏。

小希衝進家門，看到黑狗鑽進她的房間。想到房間可能被黑狗弄得亂七八糟，她雙目都冒火了！

「好好跟你説你不聽……」

小希火冒三丈地衝進去，眼前卻出現一個怪異的

畫面。

只見黑狗後肢站立，口裏咬着小希的一本書。這本書正是俊樂在她生日時送給她的！

「你！不准咬我的書！」小希過去把書搶過來，但黑狗俊樂不放棄暗示小希。他把小希書桌的東西翻個大亂，然後從中叼出他歷年送給小希的各樣小禮物，比如筆袋、貼紙、鑰匙圈等等。

小希本來急躁地忙收拾，還不停責罵黑狗，但收好後黑狗又叼來物件放到她跟前。

最後她停下來，看着黑狗擺在她面前的物品。

「咦？這些東西……」

黑狗俊樂睜大眼，滿心歡喜地以為小希終於明白他就是俊樂，誰知小希撇撇嘴，說：「呵，你的品味跟他真像啊！」

唉！黑狗俊樂哀歎一聲，急得直轉圈。想不到小希還是不明白他的暗示。

小希見黑狗在原地轉圈的模樣，不禁愣住了。

「你就是想留在我家，對吧？」

黑狗俊樂依舊不停轉圈。

小希眼神軟化了，說：「暫時收留你也可以，不過我不擔保爸爸會讓你留下。」

黑狗終於停下來，嗚咽地嗷叫，眼神是那麼的楚楚可憐。小希看進黑狗眼底，心裏一陣觸動。

「你是拉布拉多狗吧？我看過那部《導盲犬小Q》的電影。」小希把黑狗抱過來，「其實我很早就想養狗了，只是爸爸不肯。」

「我爸爸對我管得很嚴，他在我們家就是皇上，說的話就是聖旨！」小希說這話時，顯得有點兒激動，但她趕緊又說，「我並不是討厭爸爸，但他為什麼不試着了解我多一點呢？」

小希對着黑狗訴說心事。身為獨生女的她，大概也迫切需要一個能傾聽她說話的人吧？

黑狗俊樂咿咿嗚嗚地點頭應答。

小希覺得黑狗似乎很通人性，抱着牠愛不釋手。

「來，我幫你洗個澡，就香噴噴咯！」小希抱着黑狗去浴室洗澡，洗好出來又用吹風機幫牠吹乾、梳理毛髮。

眼前的黑狗變得很可愛，小希越看越喜歡，把黑狗抱在懷裏，說：「現在可以帶你去見媽媽啦！你不可以再搗亂喲！要乖乖的，知道嗎？」

此時的黑狗俊樂感覺頭重腳輕，全身酥軟。除了媽咪，沒有人幫他洗過澡，更何況某些重要部位被小希看到了……

黑狗俊樂暈頭轉向的，已經不懂得思考，完全任由小希擺布。

小希的母親徐堯時常窩在工作室，是個溫柔又美

麗的室內設計師。她有時會活在自己的世界，是典型的藝術家個性。

當她沉浸於工作時，甚至會忘了做飯給家人。因此小希從小就被母親養成獨立自主的個性，事事都自己想辦法解決。徐堯對小希也非常信任，給予她百分之百的自由度。

小希帶着黑狗俊樂走過一條長長的過道，來到徐堯的工作室。

徐堯的工作室自成天地，有出口可以通向外頭。這是為了方便工作上的伙伴或客戶來談設計圖樣而設的專用出入口，也為了不打擾到小希和爸爸的作息時間。

小希敲了敲工作室的門，走了進去。

「媽咪……」

徐堯回過頭來看小希，手卻沒有停下，繼續在電腦智能畫板上畫線。她最近接下一棟古屋翻新重建的設計工作，忙得沒日沒夜。

「牠是你抱回來的嗎？」徐堯看見黑狗俊樂，沒有顯示一點兒驚奇。

「不是，牠是自己跑來我們家的。」小希據實回答，然後直截了當地問母親，「媽咪，我可以收留牠嗎？」

「嗯……你可以確保好好地照顧牠嗎？」

「可以！」

「那就好。」徐堯露出欣慰的笑容。

小希高興地看着黑狗俊樂。母親並不反對她飼養狗兒呢！

「那我帶牠出去了。」小希說。

「好，別玩太瘋，做好該做的事。」徐堯說着，繼續埋頭苦幹。

小希得到母親應許後，立刻抱着黑狗俊樂到客廳去，以免干擾母親工作。

現在，又是小希和黑狗俊樂獨處的時間。

「對了，幫你取個什麼名字好呢？」小希歪着腦袋想。

黑狗俊樂聽到小希要幫他取名字，精神起來了，趕緊從小希懷裏跳下來，對着小希蹦跳、吠叫。

「跳得真高！那麼喜歡跳，不如叫你跳跳？」

黑狗俊樂汪汪兩聲。

「呵呵，你也喜歡『跳跳』？好，那就叫你跳跳吧！跳跳！」

黑狗俊樂急得又直轉圈。小希疑惑地看着，問：「不喜歡？」

黑狗俊樂繼續轉圈。突然，他衝向電視機，用力地敲擊屏幕正播放的榴槤口味沙冰！

小希愣住了。榴槤口味沙冰是最近便利店新推出

的口味，是俊樂最愛拉着她去吃的冰品。

小希曾經不只一次跟俊樂說她不喜歡榴蓮口味，但俊樂就是喜歡請她吃。

這會兒，黑狗俊樂指指電視上的榴蓮沙冰，再指指自己，最後指向小希。

小希脫口而出：「不，不，我不喜歡榴蓮沙冰，是俊樂——」

當小希提到俊樂的時候，黑狗俊樂高興得汪了一聲。

「俊——樂？」小希狐疑地重複道。

黑狗俊樂又大叫一聲應答朋友。

「俊樂？」小希大聲說。

「汪！」

「俊樂？」小希小小聲說。

「汪！」

小希臉部都抽搐了，道：「別開玩笑了，你怎麼可能叫俊樂？」

黑狗俊樂着急地汪汪叫。

小希端詳黑狗半晌，最後說：「難道你是他們家養的狗兒？」

黑狗俊樂生氣地吠叫，最後，他被迫使出殺手鐧——他碰倒了一旁的醬汁，用醬汁在地上費力地畫字。

　　小希正要責罵黑狗，赫然發現黑狗在地上畫了個歪歪斜斜的「樂」字！

　　小希目瞪口呆地看向黑狗，張着嘴說不出話來。

4 立體書惹的禍

經過一番努力，黑狗俊樂終於讓小希明白到眼前的黑狗就是俊樂。

小希問的每一句話，他都能很準確地回應她。

「你最討厭數學，對嗎？」

黑狗俊樂點頭。

「你會做二元一次方程式了嗎？」

黑狗俊樂心虛地搖頭。

「歷史老師說她去過古都希臘，對不對？」

黑狗俊樂點點頭。

「你也去過希臘。」

黑狗俊樂邊點頭邊開心地伸出舌頭。

「你不喜歡吃榴蓮沙冰？」

黑狗俊樂拚命搖頭。

「OK，OK，你超級喜歡吃榴蓮沙冰？」

黑狗俊樂這才高興地吐舌頓首。

小希瞇着眼把黑狗俊樂從頭打量到尾，最後她說：「你寫一個『我』字看看。」

黑狗俊樂馬上用醬汁在地上費力地寫「我」。雖

然寫得不太對，少了一些筆劃，字還抖抖的，但明顯看得出是「我」字。

「你——真的是俊樂！狗是不會寫字的，也不可能聽懂我說的話！」

黑狗俊樂眼眶濕潤地嗚咽道：「你終於知道我是俊樂了！」

小希不可置信地盯着嗚嗚叫的「俊樂」。

過了半晌，小希諾諾地問道：「你……俊樂，你怎麼會變成狗呢？」

黑狗俊樂咿咿呀呀地說着，前肢比劃不停，但小希壓根兒不明白他在表達什麼。

「唉，我真的不懂你在說什麼。」小希尋思該如何與黑狗俊樂溝通。

「不如，你寫給我看吧。」

黑狗俊樂拚命在地板上畫字，畫了老半天才寫了幾個字，但他已經氣喘吁吁。

「家、來、快、夷。」小希頗辛苦地辨認黑狗俊樂寫的字。

講到夷字，黑狗俊樂拚命搖頭。

小希猜測道：「不是夷，是禹？姨？茨？弟？」

說到「弟」字，黑狗俊樂拚命點頭。

「哦，家裏來了快弟……快遞？」小希絞盡腦汁地聯想。

黑狗俊樂開心地吠叫。

「你家裏來了一個送快遞的？」小希最後總結。

黑狗俊樂點點頭。

「是他把你變成這樣嗎？」

黑狗俊樂點點頭，然後又搖搖頭。

「到底是還是不是？」

黑狗俊樂搖頭晃腦，急得如熱鍋上的螞蟻直跳腳，但小希依舊不明白他的意思。

「唉，看來要跟狗兒溝通真的不容易！」

小希發現黑狗俊樂在瞪她，忙說：「呃，我不是說你是狗，而是說變成狗的你，也就是很難跟變成狗的你溝通。因為你現在是隻狗，哦，不，不，你是隻變成狗的人，雖然你是人，但身體是狗……」

小希越辯越黑，越解釋越令黑狗俊樂難受。

「啊，對不起。」

黑狗俊樂洩氣地坐下，其實他也沒有生氣小希。同學們在學校常常說他是「小狗」，他早就習慣了。

他是懊惱不能和朋友說清楚發生在他身上的怪事。

用狗掌寫字真的太難了。狗的腳掌本來就不是用來寫字的呀！

就在這時，黑狗俊樂瞄到擺在桌上的一個東西——平板電腦！

　　對呀，為什麼不試試用平板電腦？狗掌很難寫字，但打字應該比較容易吧？

　　於是黑狗俊樂衝過去桌子，開啟平板電腦，打開 Microsoft Word。

　　由於狗的腳掌比人類的手指大，黑狗俊樂緊張地打字後，屏幕出現了一行古怪詞句——開口了驚恐地三劍客我哎啊取景框大闊軍擴羣哈禍所多寄過擴擴拉霍國擴。

　　「開口了驚恐地三劍客，什麼意思啊？這不是狗語吧？」小希抓着腦袋，不明所以地看着黑狗俊樂。

　　看着屏幕顯示的怪字，黑狗俊樂洩氣地放棄了。

　　現在的他，果然沒辦法跟人類好好溝通。

　　小希瞄向黑狗俊樂的腳掌，立即明白了。她轉身跑進房裏，拿來了一個可折疊式鍵盤。

　　「這是我爸爸以前買給我用的兒童藍牙鍵盤，按鍵比普通的大，也容易按，應該適合你用。」小希把兒童用藍牙鍵盤接上，騰出位子，示意黑狗俊樂過來。

　　黑狗俊樂在那又輕又薄的鍵盤上輕輕觸碰，屏幕即時有了反應！

　　黑狗俊樂發現這鍵盤較之前的觸控鍵盤容易操控，趕緊鍵入：「快遞員給我一個包裹，是一個音樂盒，我打開音樂盒，裏面有個舞台，舞台中央有一隻小黑狗在跳舞。我聽着音樂的時候，就變成那隻小黑

狗了。」

　　小希緊張地窩在黑狗俊樂身畔看他一個字一個字
地輸入，終於明白事情的來龍去脈。

　　最後，黑狗俊樂輸入：「我也不知道該怎麼辦，
所以才會來找你。」

　　「找我？找我做什麼？」

　　「你是我的好朋友，當然會幫我，對不對？」

　　小希看着眼前可憐兮兮的黑狗俊樂，點了點頭，
說：「嗯，可是我也不知道該怎麼幫你。」

　　黑狗俊樂一下陷入悲情。

　　「是啊，小希又不
會魔法，怎麼幫我變回
人？」

黑狗俊樂嗚嗚叫着，失落地趴在地下，把頭埋進腹部。

小希看到朋友變成這副模樣，難過地過去安慰他：「對不起，我什麼也幫不了你。」

黑狗俊樂沒有動靜。大病初癒加上這兩天發生的怪事，令他身心疲憊不已。

「真希望這一切是一場噩夢。」黑狗俊樂悲戚地想着，又昏昏睡去。

小希等父親回家，終於說服父親讓黑狗俊樂留下來。

她的理由是：「我朋友跟媽媽去旅行一個月，我答應幫他照顧他們家的小狗。」

嚴肅的父親雖然答應了小希，但與她約法三章：「你必須全權照顧牠，包括餵食、洗澡、清理牠的大小便和掉落的毛髮，絕對不能讓牠亂碰我的東西。」

小希一一應承。

最後父親問：「對了，牠叫什麼名字？」

小希一下反應不過來，脫口道：「俊樂。」

「俊樂？真不像狗的名字。」

父親用眼角瞄了一眼黑狗俊樂，走向書房，進去之後又回過頭嚴肅地叮囑：「絕對不能進來書房，知道嗎？俊——樂！」

黑狗俊樂嗚嗚地拚命點頭。

他完全被小希父親的威嚴震懾了。

黑狗俊樂在小希房裏打開平板電腦，用腳掌點擊鍵盤，輸入文字。現在，他已經能頗熟練地輸入文字。

他一度嫌棄這平板電腦太舊了。它是小希父親棄用的第一代，沒有 SIM 卡，無法撥打電話，主要是讓小希上網搜尋資料，但它現在可是小希與他溝通的重要工具呢！

黑狗俊樂輸入道：「你爸爸好兇。」

「是啊！你現在才知道？」

「他會不會打我？」

「我不知道，不過他不曾打我。」

雖然小希如此說，黑狗俊樂還是很害怕小希的爸爸會打他。他回想起小希爸爸那兇悍的眼神和嚴厲的口吻，忍不住打了個冷顫。

「別擔心，你暫時先住在這裏，我們再想辦法。至少，我知道你是俊樂，對不對？」

黑狗俊樂點點頭，感激涕零地輸入道：「幸好有你，小希。謝謝你！」

小希怪不好意思地搖搖頭。其實她壓根兒不曉得怎麼幫俊樂，但俊樂現在只能依靠她，小希覺得很沒有底氣，心裏很虛很虛。

「俊樂，其實，我……」小希不知如何啟齒。

這時，黑狗俊樂突然快速敲擊鍵盤。

小希看着屏幕顯示：「我想到了！我們可以去我家找線索！」

「去你家？」小希傻乎乎地問。

黑狗俊樂用力點頭。

於是，一人一狗摸黑潛入俊樂的家。

由於黑狗俊樂沒有帶鑰匙出來，他們必須從庭院籬笆的缺口爬進屋裏。

小希叫黑狗俊樂幫忙在籬笆缺口下方挖土，才好不容易鑽了進去，卻不小心割破袖子，還被一旁的蘆薈盆栽割傷了手臂。

幾經折騰，他們終於成功進入俊樂家裏。

俊樂的家有點昏暗，因為俊樂發生變故的時間是下午，家裏只開了兩盞燈。

小希把燈全都開啟。

俊樂的家一下燈火通明起來，但一個人影都不見。

「你的媽咪呢？」小希問。

俊樂輸入：「媽咪不見了。」

「什麼？不見？」

俊樂懊惱地搖搖頭，然後輸入：「我們家是不是中了什麼詛咒？我變成黑狗，媽咪又消失了。」

「哎，別亂想，哪有什麼詛咒的事？你以為是在

魔法世界呀？」

　　黑狗俊樂眼眶濕潤地看着小希，現在的他只能仰賴小希了。

　　「嗯，我看看……」小希四下顧盼，想找出丁點兒線索。

　　她樓上樓下找遍了，都沒有任何異樣。

　　廚房桌子上擺放着俊樂母親的重要物品：車子和房子的鑰匙、錢包、手機和一個小小的化妝包。

　　「看樣子，你媽咪真的失蹤了。因為她不可能連最重要的證件都沒有帶走。」

　　黑狗俊樂無奈地點頭。

　　「她到底是怎麼失蹤的呢？你說你好像被吸進一個奇怪的異度空間，然後就發現自己變成狗，之後媽咪就不見了，對嗎？」

　　黑狗俊樂嗚嗚應答。

　　「照這樣看來，或許你媽咪也被吸進那個奇怪的空間……」

　　黑狗俊樂激動地敲擊鍵盤：「那怎麼辦？我們要怎麼去那異度空間救我的媽咪？」

　　「我也不知道。你再想想，那天是不是還有什麼特別的事？或者那個快遞員還說了什麼？」

　　黑狗俊樂回想那天的事，赫然記起快遞員說的話，趕緊鍵入：「他說送包裹的人，是一位一直在我

身邊，我卻沒注意到的人。」

「一直在你身邊，你卻沒注意到的人？」

小希狐疑地問道：「除了父母和你，還有誰常來你家？」

黑狗俊樂寫道：「沒有。我母親有潔癖，很少人會來拜訪我們。」

「那就奇怪了。一直在你身邊，可是你沒有注意到的，會是誰？」

黑狗俊樂突然想到什麼，往窗口望出去。從他們家看出去，有幾戶鄰居，但大家都緊閉門戶，極少往來。

「如果不是鄰居，那會是……」黑狗俊樂將目光移向屋裏的擺設，突然他的眼光被某個東西吸引了。

黑狗俊樂走向一個玻璃展示櫃，裏頭是他父母帶他去旅遊時買回來的物品。其中，有一本厚重的立體書。

小希跟了過去，循着黑狗俊樂的視線，打開玻璃櫃子，取出立體書。

黑狗俊樂激動地敲擊鍵盤：「我記得了！怪不得我覺得他那麼面善，那個快遞員就是書裏頭的馬戲團團長艾密斯！」

小希望着手上的立體書，立時驚愕地把書丟了出去！

5 艾密斯馬戲團與幻術使用者

「這本立體書，是爸爸媽媽帶我去希臘旅遊時，在一家二手書店買的。」黑狗俊樂在小希平伏心情後，將書本推到小希跟前，然後敲打鍵盤。

「書店在一條街道的角落。那時候的我大概六歲，若不是我追着蜻蜓追到那裏，爸爸媽媽也不會發現那家二手書店。媽咪進到書店，一眼就看中了這本立體故事書。買回來後，我也很喜歡這本書，每天都要媽咪給我講故事。」

小希看向那厚實立體書的封面。

浮凸的書名，寫着：艾密斯馬戲團。

「你們竟然在希臘的二手書店買到中文翻譯的立體書？」小希感到愕然。

黑狗俊樂輸入：「是啊！我媽咪當時也覺得不可思議，所以一看到就買下來了。」

小希看着封面的男子，思忖：他就是俊樂所說的快遞員？

男子正駕着馬車，帶領着一羣馬戲團的團員和動物飛上天空。

　　小希忍不住把書拿起來細細觀看。她撫摸着浮凸精緻的圖畫，緩緩説道：「看起來很有趣的樣子！」

　　「是非常有趣！我小時候睡覺前，都會要媽咪講給我聽。」黑狗俊樂想了想，輸入道，「我還記得，這故事説的是一個非常受當地人歡迎的馬戲團，叫艾密斯馬戲團。他們的表演很特別、很生動，我每次聽媽咪講，都像身歷其境，在看他們精彩無比的表演。駕馬車的紳士，叫艾密斯，是艾密斯馬戲團的團長。他的妻子是團內的女高音蕾娜。他們有一個孩子，叫奈斯圖。」

　　「他們表演什麼？」小希好奇地抬高眼眉問道。

　　「不記得了。我已經很久沒翻閲這本書。」黑狗俊樂歪着腦袋，不好意思地伸出舌頭。

　　「沒關係，」小希晃晃手上的立體書，眨眨眼説，「我們可以讀一遍。」

　　黑狗俊樂兩眼發光，雖然他已經看了無數遍，但他從來沒有像現在這麼迫切地想看這本書。

　　小希小心翼翼地翻開立體書的第一頁。

　　一個華麗、五彩繽紛的馬戲團從平面伸展開來，生動地呈現於小希和黑狗俊樂眼前。

　　艾密斯駕着馬車，馬車上站着女高音蕾娜，她正在演唱歌曲，台下聽眾如痴如醉地仰望着她，有的則在默默拭淚。

「艾密斯先生是艾密斯馬戲團的團長。他是一名真正的紳士，無論什麼時候，總是那麼溫文有禮，那麼謙讓。即使有人不小心踩到他的腳，他也只是微微一笑帶過。

「艾密斯先生沒有特別的長處，他在馬戲團的唯一演出，是駕着馬車讓妻子在馬車上盡情地演唱歌曲。

「艾密斯團長的妻子蕾娜是個天生的演唱家，只要她聽過一遍的歌曲，就能準確地唱出來，感情演繹得十分到位。她那渾然天成的優美嗓音，每每讓聽眾感動得莫名流淚。」

這本書的圖畫都是跨頁的，畫面從左頁延伸到右頁。

在第一頁的右下角，有個五角形對折。小希輕輕拉開對折，竟也是一幅立體圖！圖中，蕾娜焦頭爛額地追着孩子，孩子所到之處，如狂風掃落葉般亂七八糟。

立體圖下方寫着：「蕾娜雖然是個歌唱天才，對孩子奈斯圖卻一點兒辦法也沒有。看，奈斯圖又把事情弄得一團糟！他總是喜歡大聲嚷叫，要母親買東西給他，不然就吵着要母親帶他去這裏那裏，還弄壞了母親最喜愛的表演服。」

「這小孩真調皮！怎麼可以這樣欺負母親？要是我爸爸，肯定把他轟出去，不讓他吃飯。」小希說。

黑狗俊樂想起自己也曾嚷着要母親買東西給他，有一次還躺在地下踢腿亂叫，威脅母親帶他去遊樂園。

黑狗俊樂心虛地低下頭，臉頰熱乎乎的。

「我們看下一頁吧。」黑狗俊樂趕緊輸入道。

小希翻到第二頁，左側立即彈出一個空中飛人。空中飛人跳躍於空中，似乎就要掉落下來，觀賞的羣眾無不驚呼連連，有的甚至遮住了雙眼。

與此同時，立體書的右側也有一個空中飛人。他巧妙地用腳勾住伙伴盪過來的鞦韆繩子，做出漂亮的

連環落地姿態。台下的羣眾熱烈歡呼着。

小希不禁讚歎：「這本立體書做得好精緻！太有心思了！」

「是啊，以前我只是打開再闔上，都可以玩半天！」黑狗俊樂寫道。

小希繼續讀出一旁的文字。

「空中飛人傑森喜歡想像。他每次從高高的鞦韆上盪出去時，都想像自己真的能在空中飛翔。

「傑森每一次降落總會出狀況，不是鞋子掉了，就是有小鳥飛過，傑森為了撿回鞋子或躲避小鳥，每回都差點錯過了伙伴盪過來的鞦韆。」

當讀到這裏的時候，小希的腦海彷彿進入立體書的世界，看見立體書上的空中飛人傑森掉落鞦韆的驚險一瞬間！

她繼續唸道：「他在最後關頭，必定準確地抓住繩子，自信地繼續表演空中飛人特技。觀眾們在看這環節的表演時，喊得特別大聲呢！」

小希睜大着眼，撫着胸口道：「好驚險哪！我好像在現場觀看，嚇得手心都冒汗！」

黑狗俊樂點頭附和，寫道：「是啊！我小時候也常有這種感覺。我還問媽咪，為什麼有這麼多小鳥飛過呢？」

「為什麼？」

「當然是傑森自己養的小鳥哇！你拉開這裏就明白了。」

小希循着黑狗俊樂的目光，將右側一個凸起的紙片拉扯出來。

空中飛人傑森與他飼養的小鳥們正歡愉地進行着訓練呢！

「原來一切都是預先安排的！」小希讚歎道。

「當然，否則傑森早就摔下來了。」黑狗俊樂輸入這句話時，嘴角也跟着往上翹，模樣挺滑稽。

小希迫不及待地翻到下一頁，立體圖像還未展現，卻傳來一陣急促的門鈴聲。

「是誰？」小希困惑地看着黑狗俊樂。

黑狗俊樂睜大了眼，寫道：「不會是艾密斯團長吧？」

兩人面面相覷，但小希翻回第一頁，指着正駕駛馬車的艾密斯道：「艾密斯團長不是還在書裏嗎？」

黑狗俊樂皺了皺眉頭，突然想到什麼，迅速鍵入：「難道是我媽咪？」

黑狗俊樂正要衝出去，卻被小希喚了回來：「喂！你先過來！」

黑狗俊樂掉頭。

「還是小心為妙。」小希說着，躡手躡腳地走到窗口邊，掀開窗簾的一角窺探。

籬笆外站着一個小希從未見過的男子。他長得很胖，留着兩撇微翹的八字鬍，裝扮與立體書中的人們雷同。

小希倒抽口氣，吶吶地說：「他，他應該也是書裏面的人。」

「來者不善。艾密斯送來的音樂盒把我變成狗，這胖子肯定也不是什麼好人。」黑狗俊樂憤怒地敲擊鍵盤道。

「怎麼辦？他是不是要來把我也抓走？」小希害怕地說。

黑狗俊樂寫道：「我們必須逃出去。」

「怎麼逃？」

黑狗俊樂望向屋子後方。

「後門？你有後門的鑰匙嗎？」

黑狗俊樂點點頭。

於是黑狗俊樂讓小希帶上家裏的鑰匙和立體書，往後門奔去。

兩人謹慎地打開後門，正要衝出去，卻被一個身影擋住。

沒錯，他正是那個「胖子」！

「我不是壞人，我是來幫你的。」胖子對黑狗俊樂說。

黑狗俊樂感到困惑，他看向小希，但小希也不知

道胖子是敵是友。

黑狗俊樂打量胖子，然後輸入道：「你可以幫我變回人類嗎？」

胖子扯扯嘴角，神秘兮兮地説：「當然可以。」

胖子頓了頓，然後傲慢地抬高頭，説：「我還可以讓你得到大家的喜愛，變成帥氣的容貌。」

黑狗俊樂和小希對胖子的話感到懷疑。

「你們不相信我？」胖子挑了挑眉，冷笑一聲，從懷裏取出一些粉狀物。那粉狀物散發一股奇特的花香味，小希和黑狗俊樂頓時感到一陣昏眩。

「不行！他在使用幻術！不能相信他！」小希忙遮掩住鼻子。她在一些電視節目中看過關於西方幻術及巫術的介紹，裏頭有提到某些花兒能令人產生幻覺。

黑狗俊樂的頭腦感覺昏沉，愣在原地。

胖子立即伸手過來要抓黑狗俊樂！

黑狗俊樂本能地驚醒過來，一個箭步逃開，胖子見抓不到黑狗俊樂，突然轉向小希。

小希被胖子一步步逼向牆壁，眼看就要被胖子空手擒住，胖子卻突然驚呼一聲。

原來黑狗俊樂咬住胖子的腿了！

小希趁機竄了出去，避開胖子的魔爪，與此同時，後方傳來一陣踢踏聲。

小希往後看去，竟是一輛馬車疾駛而來。

「快上來！」

說話的，正是艾密斯團長！

小希小跑着跳上馬車，黑狗俊樂也從後方拔腿追來，迅速躍上車子！

艾密斯團長揚着長鞭催促馬兒飛快前進，很快地就將胖子甩於腦後。

馬車行駛到小希家門前停下。

此時已是午夜時分，四周靜悄悄的，突顯了馬車的聲響，但大夥兒可能正睡得香呢，所以無人被吵醒。

「好了，你們暫時安全了。回去吧！」艾密斯團長打開馬車的側門，戴着白色手套的手，優雅地比了個「請下車」的手勢。

小希下了馬車，黑狗俊樂趕緊要小希拿出平板電腦。

黑狗俊樂輸入道：「你快點把我變回來！」

「你為什麼要把俊樂變成狗兒？」小希也憤憤不平地問道。

艾密斯團長凝視他們，然後呵了口氣，說：「對不起，我也是迫不得已的。」

「迫不得已？到底是怎麼回事？你快點給我交代清楚！」黑狗俊樂氣憤寫道。

艾密斯團長微皺眉頭，望一眼手錶，語調冷靜地說：「現在不方便解釋，穿透空間的間隙快關了，我必須先離開。」

　　說着，艾密斯團長立即駕着馬車揚長而去。

　　黑狗俊樂吠叫着拚命追過去，但不一會兒艾密斯團長就在公園的樹底下消失了蹤影。

　　黑狗俊樂不禁仰天長嘯，嗷叫聲既凄涼又悲戚。

　　小希走來，看見黑狗俊樂傷心孤獨的身影，無可奈何地杵在原地。

6 成為失物之靈

　　第二天，小希天未亮就爬了起來。她拿起立體書，想要和黑狗俊樂一塊兒閱讀。

　　「喂，俊樂，我想快點看接下去發生什麼事呢，快起來！」

　　黑狗俊樂睡眼惺忪地醒來，慢吞吞輸入道：「這麼緊張幹嗎？看了也不會讓我恢復原狀。」

　　「或許書裏頭有線索呢？」小希說道。

　　一聽到可能找到線索，黑狗俊樂馬上精神起來，要小希快點翻閱立體書。

　　小希翻到第三頁。立體圖的設計呈前後兩方展現不同情境。

　　前方是個騎着腳踏車的小丑。他邊騎着腳踏車，邊拋橘子；後方則是他沒接好橘子，讓橘子掉落下來，狼狽卻滑稽地接住橘子的畫面。

　　台下的觀眾當然又是捧腹不已。

　　小希唸出一旁的文字。

　　「費羅是天生的小丑，他打從心底想引人發笑。看，他的每個動作都很有喜感，讓人忍俊不住。」

「他總是自信滿滿地以為自己能順利接住橘子，但橘子總愛跟他過不去，老是從他手上溜出來！這時候，費羅會使出全身解數，拼盡全力地捉住橘子。」

小希讀到這裏，忍不住笑道：「哈哈，費羅的動作好滑稽呀！」

「費羅最喜歡笑了，他的笑可以感染周遭的人，大家都能感受到他滿滿的喜悅能量，跟着笑起來。」

小希讀到這裏，心中似乎也充滿了喜悅的能量，對着黑狗俊樂笑了起來。

黑狗俊樂卻不領情，屏幕顯示道：「這個跟讓我變回人類有關係嗎？」

小希忙説：「哦，我們再往下看吧！」

於是小希趕緊翻到下一頁。

一名走鋼絲的男子躍然紙上！他正舉着平衡杆走鋼絲，幾乎就要從細細的鋼絲上掉落下去，一隻腳騰空向前。台下觀眾無不嚇得張嘴尖叫。

小希唸道：「蘇威爾是馬戲團的台柱。他所表演的高空走鋼絲，是壓軸表演，每每揪緊觀眾們的心弦。觀眾總會為他捏一把冷汗。」

小希觀察蘇威爾的表情和動作，再望向以立體式繪畫技巧營造出深邃的山谷，不禁撫着胸口説：「我有畏高症。」

小希發現黑狗俊樂不悦的神情，忙繼續唸道：

58

「他總是手握一支平衡杆，在人們剛剛為他感到慶幸時，做出看似滑落或各種危險動作，讓觀眾接連不斷地張嘴驚呼。」

小希剛唸完，就看到黑狗俊樂輸入道：「我總結書裏的人物：團長艾密斯、團長妻子蕾娜、空中飛人傑森、小丑費羅及最後這名走鋼絲的特技者蘇威爾，加上團長的孩子奈斯圖，一共有六個人。他們跟我變成狗，有任何關係嗎？」

小希聳聳肩。

黑狗俊樂又輸入道：「昨天突然出現的胖子，他的目標好像是我，他跟我是否有什麼關係？」

小希怔怔地看着俊樂，她真的一點兒頭緒也沒有。

「他說可以幫我變回人類，會不會是真的？」

「嗯……我覺得那個胖子不懷好意，而且他會使用幻術，應該不是個好人。」小希抿抿嘴推測道。

黑狗俊樂洩氣地低下頭。

「對不起，俊樂，我知道你非常着急想變回人，但我暫時還找不到這本書跟你變成狗的關聯，也不知道怎麼做才可以讓你變回人類。」小希歉疚地說。

此時天色已泛白，小希記起來要上學，趕緊說：「我先上學去，回來繼續想辦法，ok？」

「那我曠課的事呢？」黑狗俊樂輸入道。

「我會幫你跟老師說。就說你跟母親去國外探望病危的親人，請事假，可以嗎？」

黑狗俊樂點點頭。他覺得這藉口還算不錯，多請幾天假也沒有人會懷疑。

由於小希急於想知道故事發展，便帶着立體書去學校，想趁下課或換節空檔時閱讀。

黑狗俊樂則留在小希房內，吃着小希為他備好的早午餐──果醬麵包加燕麥粥。

他邊吃邊吐舌頭，因為他最討厭的食物，就是平淡無味的燕麥粥了！

「呵，要是往常，我早就讓媽咪把它倒掉了！」

奈何他現在肚子餓得慌，也沒有其他選擇，只好硬着頭皮咽下。好不容易填飽肚子，黑狗俊樂馬上點點頭打起瞌睡來。

「不行不行！都變成狗了，還這麼貪睡！」黑狗俊樂想着，趕緊爬起來活動活動。

由於太無聊，他開啟小希留給他的平板電腦，看了部喜劇電影──《老爸是喵星人》。

他看着與他同樣遭遇的變身貓咪老爸，激動地吠叫：「這老爸怎麼那麼笨，貓的手掌比狗的還小，可以用平板電腦和家人溝通嘛！」

他沉着氣看完電影，然後又無所事事地癱在地下打盹兒。

　　昏昏沉沉中，他似乎聽見母親的叫聲：「俊樂！俊樂！你在哪裏？」

　　黑狗俊樂驚醒過來。

　　「不！媽咪還在那個奇怪的空間，我必須快點去救媽咪！」

　　在房裏待着，只會再次打瞌睡。於是他決定去外頭溜達，之後再去學校接小希。

　　雖然小希千叮囑萬叮囑，要他留在家裏，因為擔心他會在外頭碰見昨日的胖子，但是他真的沒辦法繼續待在這狹小的空間。

　　黑狗俊樂推開房門，對着小希母親嗚嗚叫直轉圈，讓小希母親以為他想「方便」，順利地跑出去了。

　　「嘿，即使變成狗，我還是那麼聰明！」黑狗俊樂沾沾自喜地想。

　　他一邊溜達，一邊小心查看四周，安全地抵達學校前方的水泥走道。

　　「小希每次放學都會走這條路，我就在這裏等她吧！」

　　黑狗俊樂等候期間，不禁觸景生情。畢竟三天前，他還是這所學校的學生，還能以人類之軀來上學。

　　「呵，我現在才發現，上學是多麼可貴！假如能

變回人類回到學校唸書，我一定好好用功學習。媽咪看到我用功學習，肯定很高興。」

黑狗俊樂想着想着，眼睛又濕潤了。

放學鈴聲終於響起，不一會兒，同學們魚貫走出校門。

小希從校門口走來，一眼就瞄到黑狗俊樂，她三步並兩步衝向他，神色沉重地說：「馬戲團出事了！」

黑狗俊樂不明所以，又沒有平板電腦可以代言，咿咿嗚嗚地雞同鴨講。

「走，我們馬上回家把平板電腦帶出來！我終於明白為什麼艾密斯團長要來找你，他一定是有求於你！」

黑狗俊樂有很多想說想問，但礙於沒有平板電腦，等於沒了語言，只好忍耐着跑回小希的家。

路經公園的時候，突然刮起一陣強風，似乎要將小希和黑狗俊樂吹得飛起來了。

小希趕緊抱住一棵大樹，黑狗俊樂則緊抓着小希的小腿，才不至於被吹走。

狂風停下來時，有個人從大樹後方走出來。

他，正是艾密斯團長！

艾密斯團長看起來很疲憊，他一屁股坐在大樹旁的長椅上，喘着氣說：「這是我跑了老遠的路，從智

慧長者桑納西絲那兒求來的，拿着。」

艾密斯團長交給小希一張卷起來的牛皮紙。小希接過後打開來，上面寫着：找到恢復想像力的魔法帽。

「這是什麼？現在是猜謎時間嗎？」小希不明所以地看着艾密斯團長。

「因為時間緊迫，所以我只能長話短説。」艾密斯團長沒有理會小希的問題，他咽了口水，繼續説，「我想你已經知道了，我們馬戲團被迫關閉，是因為我的孩子得罪了亞肯德大公爵，也就是昨天想要抓住俊樂的人。」

「是那個胖子！」小希脱口而出。

「胖子？誰是胖子？」艾密斯團長側頭問道。

「哦，我們把那個想捉俊樂的人叫胖子。」小希覺得這稱呼好像得罪了一個了不得的人物，不禁吐吐舌解釋道。

「胖子，呵呵！他的確有點胖，但他可不是普通的胖子喲！他是個精通幻術和法術的大公爵。」

小希屏息靜聽，黑狗俊樂雖然一頭霧水，但也聚精會神地聆聽。

「亞肯德大公爵在我們的世界地位僅次於君主，權力非常大，是個能呼風喚雨的權貴人士，卻是個極度小氣的人。」

「由於奈斯圖在亞肯德大公爵仔細聆聽他的母親蕾娜唱歌的時候，噴了他滿臉泡沫，讓亞肯德大公爵登上了新聞頭條，成為史上第一個泡沫頭大公爵。」

「奈斯圖的膽子真大！」小希說着，臉部卻忍不住抽搐抖動。

一想像胖子大公爵的頭變成一堆泡沫，只露出兩隻圓滾滾的眼睛，小希就不可遏止地想笑！這新聞也太滑稽了，如果有最滑稽新聞比賽，這個新聞肯定拿第一名！

黑狗俊樂此時也樂得發出荒腔走調的怪聲。

「呵，他是太調皮，不分輕重！得罪了不該得罪的人。」艾密斯團長搖頭歎息，對於自己沒能好好調教兒子，深深自責。

「事後，亞肯德大公爵暴怒不已，不但抓走奈斯圖，還使用幻術把他關在一個異度空間，運用某種奇特的晃心術讓我們每個人都失去一樣重要的東西。」

「重要的東西？」小希問。

「嗯。艾密斯馬戲團裏的每個人都失去一樣重要的東西。傑森失去了想像力，無法繼續在空中飛翔。蘇威爾失去了平衡感，他再也不能表演走鋼絲了。而費羅，他失去的是喜悅的心情，他無法再逗人發笑。」

艾密斯團長頓了頓，繼續說：「最後，是我心愛

的妻子蕾娜。她失去了世界上最美麗的嗓音，大家都無法再聆聽她那動聽美妙的歌聲。」

艾密斯團長一臉晦氣，頹然道：「失去這些東西，大家就沒辦法繼續表演，艾密斯馬戲團當然就必須解散了。為了讓馬戲團重新運作，我到萬里之境尋求智慧長者桑納西絲的指示，終於找到了辦法！」

艾密斯團長看向黑狗俊樂。

「那個辦法就是將俊樂變成狗兒？」小希傻氣地提問。

「你說對了一半。桑納西絲交給我一個魔幻音樂盒。」

艾密斯團長回想智慧長者桑納西絲的話語，複述她的話。

「魔幻音樂盒中的黑狗是失物之靈，奈斯圖必須變成那音樂盒中的失物之靈，並真心誠意找回團員失去的東西，方能化解亞肯德大公爵的幻術和晃心術。」

小希緊皺眉頭，說：「那為什麼是俊樂變成黑狗呢？他又不是奈斯圖！」

小希沒忘記俊樂最在意的事。

「是，本來這任務必須由奈斯圖來執行，但奈斯圖已被亞肯德鎖在異度空間出不來。因此，我們需要尋找一個替身，一個與奈斯圖氣質相近的人——」

艾密斯團長望向黑狗俊樂，緩緩地說，「也就是俊樂。」

「俊樂，是奈斯圖的替身？」

「是。要在這許多不同的空間，找到兩個氣質非常相近的人，幾乎是不可能的，但我很快就發現，這個空間的俊樂，就是我們要找的人。這一切，只能說，是冥冥中自有定數吧！」

黑狗俊樂聽到這裏，不可置信地狂吠不已。他覺得自己真的太無辜，無端端成為奈斯圖的替身。

「我才不要！我才不要幫你們！關我什麼屁事？！你們為什麼找上我？我不要變成狗！我不要幫你們找東西！」黑狗俊樂不斷吠叫，但小希和艾密斯團長根本聽不懂他說什麼。

「俊樂，你別生氣，先聽艾密斯團長怎麼說。」小希試着安撫俊樂。

艾密斯團長揮揮手，讓小希站去一旁，直視黑狗俊樂的眼睛，道：「我知道你很氣我，不過我已經告訴過你，收下了就不能反悔，你忘了嗎？」

黑狗俊樂腦海浮現那天艾密斯團長交音樂盒給他之前，對他說的話：「你接受了，可不能反悔。」

艾密斯團長確實說過這樣的話。黑狗俊樂一時噤聲，無奈地杵在原地。

「還有，我必須向你道歉。」艾密斯團長突然站

了起來，向黑狗俊樂彎九十度腰致歉。

黑狗俊樂怔怔地看着艾密斯團長。

艾密斯團長抬起頭來，忐忑地說：「你的母親不知道為什麼被牽扯進那個異度空間去了。」

黑狗俊樂一聽，立即痛苦地嗷叫。

小希這回不需要平板電腦，也知道俊樂的心思。她搶着問：「俊樂的母親真的被關在奇怪的空間？為什麼？為什麼你們要這樣對她？」

「我真的不知道。或許在俊樂收下魔幻音樂盒的時候，就對他和家人起了作用。他必須找出艾密斯馬戲團團員失去的所有東西，破解亞肯德的晃心術，才能解救奈斯圖和他的母親。」

小希不禁傻眼，道：「那就是說，無論如何，俊樂都必須找出所有團員失去的東西？」

艾密斯團長點點頭。

黑狗俊樂不忿地拚命嗷叫，但嗷叫並不能改變他的命運。

「時間緊迫，你們必須快點找到牛皮紙上所寫的東西。要不然奈斯圖和你母親將永遠被關在那個異度空間，出不來了！」

「為什麼會這樣？為什麼那麼緊急？」小希問。

艾密斯團長沉吟一下，道：「如果團員失去鬥志，或選擇了其他行業，馬戲團不能恢復原狀，奈斯

圖和你母親就無法從幻術中走出來！」

艾密斯團長說着，看見樹幹出現了一道縫隙，慌忙站起來：「切記，一定要儘快找到紙上寫的東西，我會回來找你們的。」

黑狗俊樂衝過去咬着艾密斯團長的褲腳，不讓他離開。

「快放手，絕對不能浪費時間！你不是還有更重要的事情要做嗎？」

黑狗俊樂終於鬆開了口。

「那本立體書，還有你，到底是怎麼來的？」小希鼓起勇氣問。

「你應該已經知道，它不是一本普通的書。它是一個特殊的世界，書裏的人，就是那個世界的人。請你一定要好好保護……」

艾密斯團長未說完，已瞬間被吸引進另一空間，陡然消失了。

把艾密斯團長吸引進去的偌大樹幹，看起來並無異樣，小希和黑狗俊樂剛剛就像做了場夢。

7 恢復想像力的魔法帽

小希攜黑狗俊樂回家取了平板電腦，換了套舒服的便服，便匆匆出門，開始「尋物之旅」。

「找到恢復想像力的魔法帽。」小希打開艾密斯團長交給她的捲曲牛皮紙，喃喃唸着。

黑狗俊樂輸入道：「去哪裏找魔法帽？」

小希停下腳步，懊惱地說：「對呀！我們根本一點頭緒也沒有。艾密斯團長什麼指示都沒有，要我們怎麼找？上哪兒去找呢？」

「對了，立體書裏面會不會有提示？」黑狗俊樂寫道。

小希趕緊從背包取出立體書，翻到馬戲團出事的那一頁。

「看，這就是我今天在學校閱讀的那一頁。」

小希喃喃唸道：「艾密斯馬戲團因為某種因素，遭到解散的命運。馬戲團的團員們四散各地，大家都離開了。」

畫面是馬戲團大門緊閉，門上貼着「關閉」的大字。費羅、傑森、蘇威爾提着背包往不同方向走去，

而最後一位離開的，是蕾娜。她神情沮喪，美麗的臉龐充滿了憂鬱。

「艾密斯馬戲團只剩下團長艾密斯一個人駐守其中，奈斯圖也突然間失去了蹤影。」

「下一頁呢？」黑狗俊樂焦急寫道。

小希晃了晃頭，說：「沒有下一頁了。」

「不可能啊！我記得以前看的時候，還有很多頁的！」

「我也不知道。或許，就像艾密斯團長講的，這本書是一個特別的世界。如今他們的馬戲團已經解散，後面的故事當然也就消失了。」

黑狗俊樂查看立體書，的確，馬戲團解散這一頁之後，就是封底。他以前看過的後半部故事，居然全部不見了！

「那我們完全沒有線索了？」黑狗俊樂寫道。

小希嘗試在最後一頁和封底間尋找縫隙，但無論怎麼看，都沒有下一頁的存在。

小希再次打開最後一頁。畫面中的艾密斯團長愁容滿面，一雙憂鬱的眼神失焦地望着前方，好像在盯着畫面外的小希和黑狗俊樂。

「艾密斯團長好可憐。俊樂，我們一定要幫他找到他要我們找的東西。這樣，你也才能恢復人身。」

黑狗俊樂頷首，寫道：「我明白了。我現在只有

一條路可以走，我會照着他說的話去做。我們該去哪裏找魔法帽？」

一人一狗杵在那兒，不曉得往哪個方向走。

「世界那麼大，怎麼找到魔法帽？我們怎麼知道那就是能恢復想像力的魔法帽呢？」

「我們什麼都不懂……」

小希感慨地歎口氣。他們的確一無所知，也沒有任何特殊能力，該怎麼做才能完成艾密斯團長交代的任務？

「如果現在有一根福爾摩斯的雷達拐杖，或者是線索放大鏡就好了。」小希突然異想天開地說。

黑狗俊樂不明白，寫道：「什麼是雷達拐杖？什麼放大鏡？」

「哎，俊樂，你不是沒有看過哆啦A夢吧？這些都是哆啦A夢的道具呀！雷達拐杖可以尋找犯人，也可以幫忙尋找我們要找的人；而線索放大鏡可以幫助我們以推理的方式，找出我們想要找的東西。」

「別做夢了！我們又不是哆啦A夢，怎麼可能有這樣的道具？」黑狗俊樂輸入道。

「唉！幻想一下也可以吧？」

「那現在要怎麼辦？艾密斯團長今天應該不會再出現了。」

小希想了想，說：「還能怎麼辦？隨便走走看看

吧！或許會突然出現線索呢。」

於是，他們倆就這麼漫無目的地隨意亂走，直到天色暗下才悻悻然回家。

隔天是假日，他們一早就爬起身出門「執行任務」。

他們依舊沒有任何頭緒，走了半天，又繞回小希家附近的小公園。

由於不知道該繼續往哪兒走，乾脆就在公園長椅上坐下來休息。

他們一坐就坐了兩個小時。黑狗俊樂差點兒睡去，趕緊抓住平板電腦，輸入：「怎麼辦？我們這樣是在執行緊急任務嗎？」

小希搖搖頭，道：「有什麼辦法？找了半天，還是一點兒頭緒都沒有。」

「我肚子餓了。」黑狗俊樂寫道。

「我也是。」

「我想念媽咪。」黑狗俊樂寫道，垂頭喪氣地盯着地面。

這時小希的肚子發出咕嚕聲，她羞紅了臉，趕緊說：「對不起，我好像什麼都幫不到你。」

黑狗俊樂垂下的頭簡直快要貼地了。

「我真的沒辦法救出媽咪嗎？我沒辦法變回人了嗎？」他心想着，眼眶又充盈了淚水，淚水滴在地

上，將乾燥的泥土打濕了。

黑狗俊樂往地上看去，眼睛陡然一亮。

他瞧見了細小卻奇特的東西。那是一羣螞蟻。牠們排成一個隊伍，隊形像小小的「北」字。

「北方！」黑狗俊樂用力地敲擊鍵盤。

「北方？什麼意思？」

「你看地下的螞蟻。」

小希看向泥地上的蟻羣，果然看到蟻羣排成的小字。

「螞蟻怎麼會給我們指路？」小希喃喃咕噥着，「不過確實很像北字。啊！」

小希突然大叫一聲，嚇得黑狗俊樂抖了一抖。

「我知道了！你是失物之靈啊！」

「失物之靈？」

「對！艾密斯團長不是說那個魔幻音樂盒裏頭的黑狗，是失物之靈嗎？你就是失物之靈！」

黑狗俊樂撓了撓嘴巴，寫道：「失物之靈又怎樣？」

小希忍不住拍了下黑狗俊樂的屁股，道：「哎呀！就是說，你的本能會帶我們找出要找的東西！」

「我？」黑狗俊樂傻傻地輸入道，「我的腦海裏什麼想法都沒有！」

「都說是你的本能咯！就像狗兒被主人丟棄後，

能夠自己找到回家的路一樣，這是一種本能，知道嗎？本能！」

小希露出特別羨慕的神情。

「本能？」黑狗俊樂還是不太明白到底是怎麼一回事。

「總之，我們現在往北方走啦！」

小希説着，把有指南針功能的手錶抬到眼前仔細地看。

「這裏……對，就是這裏！」

小希急匆匆往北方走去，黑狗俊樂趕忙跟上。

小希和黑狗俊樂走了一段路，經過幾個住宅區、商業區，最後來到一條死胡同。

小希和黑狗俊樂愣在那兒。

「怎麼辦？沒有路了。」黑狗俊樂輸入道。

「嗯……」小希環顧周遭，想找出這兒是否有什麼線索，「我猜，這後巷的幾戶人家説不定跟魔法帽有關聯。這面牆後面也可能是某棟大宅子，裏頭有我們要找的東西。」

黑狗俊樂望向死胡同邊上高高的水泥牆，什麼也想像不到。

「又或者，這兒有地道可以通往某個密室……」小希低頭觀察下水道的鐵蓋，看是否有什麼線索或蹊蹺。

別看小希長得文靜乖巧，她滿腦子都是各樣新奇的想法。這大概是拜平日看太多奇幻和科幻小說的影響。

她喜歡看的奇幻小說，有哈利波特系列、時光之輪系列和贊斯系列等等。或許是因為父親對她管制甚嚴，當她徜徉於書中的奇幻世界時，特別自由、愉快。

人的行動能被約束，但想像力可是無法管束、限制的呀！

「怎麼樣？」小希懷着各種奇想，轉頭問黑狗俊樂。

「啊？」黑狗俊樂寫道。

「沒有特別的感應嗎？東、南、西、北？」

黑狗俊樂不好意思地晃了晃頭。

「不可能！你可是失物之靈。」

兩人杵在陰暗潮濕的巷子，地溝裏的餿味、垃圾的臭味，頻頻傳入黑狗俊樂的鼻腔，令他極不舒服。

「我們還是走吧。這兒看起來沒有……」黑狗俊樂還未輸入完，其中一戶人家陡然開了後門，將偌大的垃圾袋扔出來。

垃圾袋一碰着地，裏頭的「小東西」立刻四處亂竄。小希和黑狗俊樂蹦着跳着躲避「它們」。

待定睛一看，小希才發現那些「東西」居然是老

鼠！她忍不住尖叫起來。

「叫什麼叫？沒看過老鼠哇？」丟東西出來的人惡狠狠地瞪小希。

小希害怕得用雙手掩嘴，不敢再發出聲響。

黑狗俊樂衝到小希跟前，朝那惡人臉的人呲牙咧嘴，準備隨時對他發動攻擊。

「嘿嘿，我沒有要傷害你的朋友，take it easy！」惡人臉舉高兩手投降。

小希喚黑狗俊樂道：「沒事。」

黑狗俊樂這才闔上嘴巴，不過依舊一副備戰姿態。

黑狗俊樂身為人的時候從來沒有試過這般英勇。以他的個性，從來都是躲在人後，多一事不如少一事。不知為何變身為狗之後，居然性情大變。

剛剛小希被惡人臉威脅時，他不自覺地衝到小希跟前保護她。之前胖子大公爵想抓小希的時候，他也奮不顧身地衝前去咬胖子大公爵。

難道身體變成了狗，個性也跟着轉變？

黑狗俊樂無暇多想，現在的他只能聽任本能行事。

小希看着瞬間竄進溝渠的老鼠，疑惑地問惡人臉：「為什麼有那麼多老鼠？」

惡人臉這時扯開嘴笑了。本來兇惡的面容，一下

76

變得傻憨、和善，簡直判若兩人。

「這裏是餐廳嘛！當然有老鼠。」

「餐廳？餐廳有老鼠，太可怕了！」

「哎，正常。哪家餐廳沒老鼠和蟑螂？」

小希鄙夷地看着惡人臉，心想這餐廳肯定是肮髒不堪的老舊餐廳。

「我們這家餐廳，是城中著名的米芝蓮三星法國餐廳——Le pont d'Avignon。」惡人臉自豪地指向裏屋。

小希瞪大眼，撇撇嘴道：「這麼多老鼠？米芝蓮三星？」

「你信不信？」

小希看看黑狗俊樂，黑狗俊樂搖一下頭。

「你的狗聽得懂人話？」惡人臉嘴巴張成了O型。

「我們不信。」小希無視惡人臉的提問，撅撅嘴說。

惡人臉擺了個請進的手勢，說：「你們可以進來參觀，反正餐廳六點才開始營業。」

小希望了望黑狗俊樂，黑狗俊樂施施然搖着尾巴走進去，小希跟隨其後。

惡人臉領着他們經過廚房和一條頗長的回廊，來到大廳。

小希被大廳華麗而古典的裝潢嚇着了，嘴巴張得老大。

「不錯吧？」惡人臉歪着嘴，又露出一副壞人的樣子。

「何止不錯！」小希轉了一圈回來，説，「我從來沒見過這麼漂亮、華麗的餐廳呢！」

「嘿嘿，不然我也不會在這裏工作。」惡人臉似乎很自豪。

「可是……」小希皺了皺眉頭，説，「這樣的餐廳竟然有這麼多老鼠。」

「我跟你説，我曾經在……」惡人臉屈指一數，接着説，「八家餐館工作。沒有一家餐廳是沒有老鼠和蟑螂的。」

黑狗俊樂不禁愣了一愣。以前他和母親去的日式餐館和法國餐廳，難道都有老鼠出沒？

「呵，是不是你運氣差？」

「不，我們人要吃飯，老鼠也要吃飯。在城市居住的老鼠，當然只能往餐廳跑了。這是再正常不過的事。」

「那你為何把牠們放走？你放了牠們，牠們不是還會再來嗎？」小希感到不明所以。

惡人臉眼神突然溫柔，説：「老鼠也是生靈啊！我們不能隨意殺害生靈。」

78

小希和黑狗俊樂都很意外。想不到這長得兇神惡煞的男子，心地居然如此善良。

「我知道我長得兇，不過我這叫面惡心善。」惡人臉咧開嘴自我介紹，「我叫阿秋。你們呢？」

「我叫小希。牠是俊樂。」

「哦，原來是小希和俊樂。」阿秋打量着黑狗俊樂，黑狗俊樂不禁豎起尾巴作備戰狀態。

阿秋到櫃枱取出一樣東西放到黑狗俊樂跟前。黑狗俊樂一口咬下，嚼了兩口馬上吞下。

小希感到困惑，問道：「你給俊樂吃什麼？」

「呵呵，是我們店裏獨家醃制的火腿肉，非一般美味喲！」

阿秋又拿了兩片火腿肉給黑狗俊樂。黑狗俊樂完全招架不住，一股腦兒地低頭啃咬，三兩下就吃光。

「這狗很識貨嘛！」

黑狗俊樂鼻子哼哧哼哧地吐氣，頭仰得老高，心想：當然，我去過法國的三星米芝蓮餐館用餐呢！

「嗯，他是蠻會吃的⋯⋯」

小希未說完，黑狗俊樂突然朝櫃枱竄去。

「哎！俊樂，不可以去裏面！」小希阻止黑狗俊樂。

原本以為黑狗俊樂還想吃火腿，誰知小希轉進櫃枱時，黑狗俊樂就扒着敲擊鍵盤。

小希看向屏幕：「魔法帽就在這家店裏。」

「什麼？」小希不禁驚呼，而後掩住嘴巴，小聲地說，「你感應到了？在哪裏？」

黑狗俊樂晃晃頭，輸入：「我只知道在這餐廳的某個櫃子內。」

就在黑狗俊樂剛剛囫圇吞棗地吃着火腿肉時，他腦袋忽然蹦出幾個重疊的影像。其中一個影像是頂帽子，那帽子收藏於某個櫃子中，另一個影像是這家法國餐廳的古典天花板，還有就是穿着廚師服的男子背影。

黑狗俊樂之所以竄去櫃枱，是為了尋找魔法帽，可惜櫃枱的開放式抽屜內並沒有帽子。

阿秋走了過來，小希趕緊拿了一片火腿，說：「呵呵，我也想試，可以嗎？」

「沒問題。」

小希邊嚼着火腿邊說：「嗯，好可口！」

黑狗俊樂撲過來，一口又咬下幾片。

「吃夠你們就得走咯！」阿秋看看壁上的時鐘。

「呃，可是……」小希瞄了瞄黑狗俊樂，說，「我們還想拍些照做紀念，可以嗎？這裏真的太漂亮了。」

小希舉起平板電腦佯裝要拍照。從外觀看來，小希就是個痴迷電腦、機不離身的標準現代青年。

　　阿秋無奈地擺擺手，接着煞有介事地說：「那你們拍完要儘快走喲！要是讓大廚發現你們就糟了！」

　　「為什麼？大廚很可怕？」小希問。

　　「他——哎呀！我的牛肉燉湯！」阿秋慌忙往廚房奔去，留下一臉狐疑的小希和黑狗俊樂。

　　「我們得儘快找出魔法帽！你剛剛到底感應到什麼？快說清楚！」

　　黑狗俊樂趕緊敲打鍵盤，形容剛剛感應到的影像。

　　他邊輸入，就忍不住吠叫起來：「我第一次感到自己有了感應力！這應該是一種超能力吧？哈，我有超能力！」

　　就在黑狗俊樂為自己的「超能力」興奮不已、得意洋洋的時候，小希卻掃他的興，說：「這是你變成狗的代價呀！」

　　黑狗俊樂立刻拉長着臉，一點兒興致都沒了。他有超能力，卻是隻「超能力狗」，這並不是值得高興的事。

　　「我不是故意潑你冷水，不過現在不是沾沾自喜的時候。我們得快點把魔法帽找出來才行！別忘了可怕的大廚隨時會進來！」

　　黑狗俊樂望向餐廳門口，身子抖了下，趕緊對小希敍述魔法帽的形狀：「淺色，扁扁的。哦！不對，

不對，應該是像蛋糕的形狀。」

小希皺眉瞅着黑狗俊樂，黑狗俊樂趕緊閉上眼回想，腦海中又浮現一個模糊的帽子輪廓。

他無奈地輸入：「對不起，其實我根本看不清帽子的形狀。大概我的法力還未到家。」

黑狗俊樂不好意思地吐吐舌頭。

「什麼都是由初級學起的呀！又或許你剛當上失物之靈，還不擅長應用你的法力。」小希嘗試為黑狗俊樂找說辭。

黑狗俊樂很失落，想不到學習一向吊車尾的他，當上失物之靈後，腦袋還是不靈光。

小希拍拍黑狗俊樂的背脊，安慰他：「能看到影像已經不簡單。我們先分頭找出魔法帽吧！」

於是他們兵分兩路，搜索餐廳內的所有櫥櫃，可惜一無所獲。

最後，小希找到了更衣間，趕緊找來黑狗俊樂，說：「魔法帽應該就在員工櫃子內。」

黑狗俊樂用力地點頭認同小希的推斷。

小希輕輕扭動其中一個櫃子的門把，怎知櫃子竟上鎖了！

「怎麼辦？快到六點了，可怕的大廚馬上要進來啦！」小希急得直跺腳。

說時遲那時快，一個厚重的腳步聲從外頭傳來，

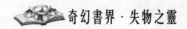

很快地來到更衣室門口。

　　小希停止了跺腳，和黑狗俊樂互相乾瞪眼。

　　這時，門被打開了。

8 三星法國餐廳的 怪脾氣大廚

一隻大手將黑狗俊樂一把抓起。

大手的主人長得粗壯高大。他舔了舔豐厚的嘴唇，道：「拿這來做紅酒燉肉，或者韃靼生肉，再不然就黑松露汁肉排……真令人垂涎三尺！」

黑狗俊樂戰慄不已，全身烏毛直立膨脹！他從未想過每天品嘗美食的他，有一天居然會成為他人口中的美食！

黑狗俊樂發狂吠叫，用盡全身力氣朝

大手主人的臉部踢去！

　　大手主人被踢個正着，鼻樑歪了一邊，怒氣沖沖地張開大口。

　　小希一個箭步衝到他跟前，大聲喊道：「不行！他是我的朋友，不可以吃他！」

　　大手主人矮下身子，瞅着眼前瘦弱的小姑娘，道：「誰説我要吃他？」

　　「你，你不是張大嘴要吃掉俊樂嗎？」小希抖着身子問道。

　　大手主人聽了，顛顛地大笑，連帶手中的黑狗俊樂也上下顛簸，晃得他頭昏腦脹。

　　「生吃狗肉？那是原始人才做的事吧？難道説……我像原始人？哈哈哈！」大手主人説着，又嗤笑起來，還給自己的口水哽了一下，差點兒吞下舌頭，發出了怪聲。那模樣逗得小希也忍不住掩嘴偷笑。

　　大手主人終於笑夠了，把黑狗俊樂放到地下。

　　「你們從哪裏來的呀？」大手主人問。

　　「哦，我們……是阿秋的朋友。」小希呐呐地回道，「你……呢？」

　　「我？」大手主人指着自己的鼻子，又咧嘴爆笑，「哇哈哈，我是這裏的大廚哇！沒看到餐廳入口處貼着我帥帥的照片嗎？」

「我們是從後門進來的。」小希吶吶回道。

「怪不得。唉！這麼漂亮的照片你們必須看一看。」大手主人指向餐廳入口，小希和黑狗俊樂依循指示來到入口處，仰頭一看，櫃檯後方挂着張頗有年份的褐色調照片。照片中人環抱雙手，自信滿滿地立於某座橋邊。

「這是……你？」小希不可置信地凝視照片中的瘦子，繼而打量身後體型臃腫的「大廚」，發出驚訝的感歎，「你怎麼可能是照片中的帥哥？」

如果不是五官有些許神似，小希真的不能相信他們是同一人。

「呵，歲月催人老。想當年我也曾迷倒一眾女生。啊，還有那與我有過誓言的女孩……」大廚感慨地環抱雙手，擺出與照片同一個姿勢。

小希想：原來他就是這裏的大廚，但是他一點都不可怕呀！為什麼阿秋説他可怕呢？

小希歪着腦袋瞥了瞥大廚，再望向照片下方的注解，喃喃唸道：「攝於亞維農橋邊？」

「對，這就是我們餐廳的名字 Le pont d'Avignon 的由來啦！」

大廚兩眼迷濛，口中吐出一段樂音，道：「你們難道沒聽過著名的《在亞維農橋上》嗎？她正是孕育我這位大廚的靈感之橋！」

接着大廚兀自唱起了這首法國民謠：

「Sur le pont d'Avignon（在亞維農橋上），
On y danse, on y danse（我們跳舞，我們跳舞），
Sur le pont d'Avignon（在亞維農橋上），
On y danse tous en rond（我們圍着圈跳舞）。」

大廚越唱越興奮，隨手拉起黑狗俊樂跳了起來。黑狗俊樂被大廚帶着轉圈，再次被晃得頭昏腦脹。

小希覺得《在亞維農橋上》這首法國民謠非常活潑動聽，朗朗上口，不禁跟着拍子輕點着頭。大廚也過來拉了小希到餐廳中央一塊兒跳舞。

缺乏舞蹈細胞的小希，也不理會跳得好與否，隨着歌曲舞動身子，快樂地沉浸於歡愉的旋律中。

大廚領着她輕快地轉動時，她覺得整個世界都旋轉起來了，妙不可言！

黑狗俊樂卻一點兒也不開心。他現在只覺得全身發軟，祈求大廚快快把這首無限循環的歌曲唱完。

大廚終於唱完了，還優雅地做了個結束舞姿的動作。小希和黑狗俊樂也有模有樣地照着做。

大廚露出夢幻而驕傲的眼神，説：「亞維農橋是我的靈感之橋，我的創意都來自那兒。」

小希晃頭道：「你是大廚，那你一定很會烹飪，

對嗎？」

大廚瞇起眼，把黑狗俊樂從頭打量到尾。

黑狗俊樂毛髮又再聳立，趕緊縮到小希身後。他生怕大廚突然興起，把他剁了做成法國美食！

「呵！」大廚神秘兮兮地笑笑，然後大手一推，把小希和黑狗俊樂推到最角落的特別座位。

「這是上賓才能坐的位子。你們今天是我的上賓！請——」大廚抬頭看看時鐘，馬上轉過頭，眼神滿含愛心說道，「給我十分鐘！」

大廚飛也似地擺着臀，晃着手臂的贅肉，衝向廚房。

黑狗俊樂輸入：「這是什麼情況？」

小希聳聳肩，一臉茫然：「應該不是壞事吧？」

兩人邊等候邊感受這裏的環境和氣氛。

小希從來沒有來過如此高級的餐廳用餐。父母因忙於工作，甚少帶她出門，即使出門也是匆匆買了東西就返家。

此刻她身處這舒適、華麗的餐廳，不禁想像父母帶她來這兒享用晚餐的溫馨情景。

平時愛說教的父親收起了嚴肅面容，為她拉開椅子，溫和地詢問她想吃什麼。母親則打扮得體地朝她微笑，並為她紮好辮子，親了她的臉頰一下。

小希想着想着，嘴角泛起微笑。她的父親已經好

久沒有對她和顏悅色地說話，帶她和母親一起出門散散心了。母親也時常忙於工作，整天蓬頭散髮，再也不像從前那樣細心聽她述說學校的事，連睡前抱抱都省略了。

正當小希沉浸於美好的幻想中，阿秋突然以一身筆挺的廚師裝扮出現了！

他筆直地走過來，端上一個白色碟子，手勢優雅地輕放到小希和黑狗俊樂跟前。他接着打開銀色蓋子，說：「Hors d'oeuvre（開胃菜）。」

小希有聽沒有懂，發出「啊」的一聲疑問。

「這是開胃菜。請慢用。」阿秋說。

小希和黑狗俊樂看着眼前如藝術品般美麗的擺盤，立即低頭享用，三兩下即扒精光。

「不虧是開胃菜，吃了胃口大開，好想馬上吃下一道菜。」小希對黑狗俊樂說。

黑狗俊樂感動地輸入道：「想不到做狗還有這麼棒的美食可以吃，我真是太好命了！」

接下來，他們陸續吃了法國大餐中的湯、魚、果凍、間菜、燒烤和沙律。

為了招待阿秋的朋友，大廚特地製作了法國名菜如酸菜雜錦熏肉、紅酒燉牛肉等等給他們品嘗，當然少不了以著名的鵝肝醬及魚子醬搭配其中。

黑狗俊樂和小希品嘗着令人目不暇給的美食，完

全將艾密斯團長交代的任務忘個精光。

一個小時過去，他們倆吃到撐得站不起來。

最後一道甜品送來的時候，小希忍不住喊停：「阿秋，我們真的太撐了，可不可以不吃？」

阿秋無奈地歎口氣：「唉！我已經警告過你們，我們大廚可是熱情爆表的廚師，如果你不吃完他特意準備給你們的食物，後果會很嚴重。」

「多嚴重？」

「他，他會罷煮！到時整家餐廳就沒辦法經營下去，我們這些員工也會失業了。」

原來大廚有顆「玻璃心」。看到客人吃不完他煮的食物，就會信心頓失，沒心情煮食。

小希趨近阿秋，壓低聲量說：「如果我們偷偷丟掉……」

「那更不行！你不知道，大廚都會暗暗躲在門邊，透過門上的圓形玻璃窗看顧客享用他親手烹調的美食。」

小希和黑狗俊樂偷瞥廚房，果然看到一張臉伏在圓形窗鏡上。他們不禁感到背脊發涼，想不到大廚一直都在窺探他們。

「你們大廚的脾氣有夠古怪！」

「是啊，但就是有很多人愛吃他煮的食物。或許有創意的人脾氣都是陰晴不定，讓人捉摸不透吧！」

小希無奈地對黑狗俊樂說：「看來我們無論如何都要把這甜品吞下去⋯⋯」

黑狗俊樂靠在椅背上，前臂撫着脹得鼓鼓的肚皮，兩眼露出醉醺醺的模樣，緩緩地搖了搖頭。他真的愛莫能助哇！

阿秋背對着廚房門，露出哀求的表情：「求求你們一定要吃完！要不然我們大家都等着⋯⋯」

阿秋做出被砍頭的手勢，說「拜托拜托」，然後就急忙走回廚房。

「怎麼辦？大廚在盯着，我們根本沒有機會把甜品丟掉⋯⋯」

黑狗俊樂正感懊惱，腦海卻浮現方才看見的影像續篇：一位穿着廚師服的男子，走去櫃子拿起了廚師帽，並緩緩轉過身來⋯⋯

黑狗俊樂馬上在桌上的平板電腦敲擊一番，輸入：「大廚的廚師帽就是魔法帽！」

「什麼？」小希不小心提高了聲量，趕緊噤聲。

她偷瞄一眼廚房門口，發現大廚還在那兒，於是她故作輕鬆地說：「既然這樣，我們更得把食物吃完，這樣才有可能要求大廚把帽子借給我們。」

為了向大廚借取魔法帽，也為了阿秋和餐廳員工們的飯碗，小希和黑狗俊樂只好撐着肚子，勉為其難地把眼前的甜品小口小口地吞下。

就在他們好不容易咽下最後一口甜品時，大廚砰的推開門，以競走姿態走來，臉上難掩興奮之情。

「如何？值不值100分？」大廚劈頭就問。

小希和黑狗俊樂忙不迭地點頭。

「你們知道嗎？這些都是我費盡心思研發出來的特色法式菜肴，有時候為了一個調味料，我廢寢忘食也要做好它。為的就是讓我的客人感受到無可匹敵的幸福感……」

大廚話閘子一打開就說個不停，黑狗俊樂聽着聽着突然瞪大雙目，接下來的畫面簡直慘不忍睹。

由於黑狗俊樂之前吃下大量火腿，加上這頓豐盛的美食，他一打嗝，結果肚內的食物全往上衝──

就在黑狗俊樂的嘔吐物噴灑出來之際，大廚下意識地用某個東西接住了嘔吐物。那東西，正是大廚頭上的三星廚師高帽！

大廚瞪着廚師帽內的黏稠嘔吐物，下一秒，嗅覺奇好的他被嘔吐物熏得反胃，雙手下意識地放掉廚師帽。

說時遲那時快，大廚鬆手的瞬間，小希及時抓住廚師帽的帽沿，成功阻止裝滿嘔吐物的帽子墜地。

大廚驚魂未定地擦掉額頭的冷汗，說：「幸好沒有掉在地下，要不然待會兒我就不用開店了。這些東西灑到地毯，氣味可難清除了！」

大廚說完，匆匆走回廚房。

小希趕緊喊道：「那這廚師帽怎麼辦？」

大廚擺擺手，頭也不回地說：「你要就拿去！」

小希看看黑狗俊樂，再盯向手中填充污穢物的「魔法帽」，心中真是五味雜陳。

9 事出非偶然

第一個任務竟然以意想不到的方式解決了。

小希將魔法帽內滿滿的嘔吐物倒掉後，回家清洗了無數遍，才去除了異味。

之後，他們順利地將魔法帽交到艾密斯團長手上。

「為什麼大廚的廚師帽會是魔法帽？」小希好奇問道。

艾密斯團長笑笑，說：「大廚每做一道菜肴，都得運用非凡的想像力，把各種食材的味道匹配起來。這不正是最有想像力的帽子嗎？」

小希和黑狗俊樂恍然大悟。

做菜也需要想像力，這對他們來說可真是前所未聞呢！

「有了這頂魔法帽，相信一定能喚起傑森的想像力！」艾密斯團長非常感激地看着他們說。

「嗯！一定會的！」小希開心地說。

艾密斯團長欣慰地頷首，說：「原本以為你們至少要花三四天才找到魔法帽，想不到竟然這麼快就完

成任務！」

「還不都是我『嘔』得好！哈哈！」黑狗俊樂鼻孔噴着氣，輸入道。

「嘔？怎麼一回事？」艾密斯團長不禁好奇。

「因為俊樂吃太撐，吐在大廚的帽子裏，大廚才把廚師帽子給了我們。」小希忙向艾密斯團長補充。

艾密斯團長對俊樂贊許：「吐得好！要知道一個廚師的帽子，代表了廚師廚藝的高低。如果你不吐，說不定他根本不肯交出魔法帽呢！」

黑狗俊樂臉紅起來，想不到他那噁心的嘔吐物，居然是令他們順利取得魔法帽的關鍵。

「世間發生的一切事情都有其因緣。或許魔法帽必須是以這樣的形式獲得。你之所以會嘔吐，也不是偶然的。」艾密斯團長若有所思地說。

「不是偶然？難道一切都已經安排好了？我們會遇見阿秋，然後阿秋給俊樂吃下火腿，再後來遇見大廚，享用豪華法國大餐，促使俊樂嘔吐，這些都是預先安排好的？」小希反問道。

她覺得艾密斯團長的話太玄、太不可思議。

「也不是這麼說。只是……呵，很多事，必須由你自己去經歷和體會。我沒辦法向你解釋。」

「有什麼事情是沒辦法用言語解釋清楚的？只要好好說，不就可以讓人明白嗎？」小希不解問道。

「不。很多事即使說出來，你現在也不能明白。或許有一天你突然會發現，一切事情都不是偶然發生。」

對於艾密斯團長的說辭，小希壓根兒不能理解。

黑狗俊樂看到小希困惑的模樣，輸入道：「也許是失物之靈在安排一切。」

「對呀！一定是失物之靈暗中幫我們安排！」

有了明確的「東西」指引安排，小希稍稍放下了心中的疑惑。

「別想太多，我們應該慶祝找到了魔法帽，不是嗎？」黑狗俊樂輸入道。

「對！」小希點頭附和，「我已經迫不及待想看傑森表演了！」

「別高興得太早……」艾密斯團長還未說完，不遠處就傳來了巨大的爆炸聲。

小希和黑狗俊樂下意識地循着聲音，衝去看個究竟。

爆炸點竟然就在小希每天上學必經的小公園。

那棵曾開啟時空縫隙的老樹，已被火舌吞噬殆盡！

「怎麼會這樣？艾密斯團長，你快點想辦法滅火吧！」小希焦急地向艾密斯團長求救。

「對不起。這棵樹是從根部炸裂，即使我們現在

撲滅火勢，它也活不了了……」

小希看着燃燒得嗶啵作響的老樹，鼻頭酸楚。這棵老樹在她寂寞的時候一直伴着她，如老朋友一樣。

黑狗俊樂在還是人身時，也曾與小希一同在這棵大樹下溫習功課、吃東西、聊天。他明白小希心裏難過，嗚嗚兩聲過去摩挲小希的小腿。

「一定是亞肯德大公爵施的法術。他知道我們找到魔法帽了！」艾密斯團長説。

「胖子大公爵為什麼要炸毀老樹？」

「老樹可以開啟時空縫隙。他應該是生氣我們找到魔法帽，因此使用法術燒毀老樹洩憤，也算是給我們一個下馬威吧！亞肯德大公爵的壞情緒是眾所周知的。」

「他怎麼會知道這些？難道是智慧長者告訴他？」小希不解問道。

「不。亞肯德大公爵身邊有一些侍奉他、追隨他的僕人，其中有一個喚做伊諾的，能『後見』到已經發生的事情。」

「後見？什麼意思？」

「這是對比於預知的詞語。預知是在事情還沒有發生前，就能預先知道或看到事情會發生；後見則是在事情發生後，能『見』到之前所發生過的事情。」

小希嘴巴長得老大，感歎道：「原來還有這麼一

種特殊的本事，真是聞所未聞！」

「當然，這種『後見』能力並非每時每刻都能使用。就像有預知能力的人，未必能看見所有即將發生的事。」

黑狗俊樂羞紅了臉，心想：那個有「後見」能力的人，會不會也「見」到他吃撐後嘔吐的糗樣？

小希和黑狗俊樂都不禁嘖嘖稱奇。能預知事件發生已經很厲害，但後見已發生的事，並能目睹事件的過程，也是了不起的人哪！

「真不明白，胖子大公爵那麼壞，為什麼有那麼厲害的人跟隨他？」小希憤憤不已地說。

「許多事都無法解釋清楚，我剛才不是說了嗎？有的人因為私利去做壞事，甚至還認為自己是正確的一方。」

「唉！他們真是太愚昧了！」小希搖搖頭，看到已燃燒殆盡的老樹，心中又憤恨又不捨。

「別難過。我們應該慶幸，伊諾擁有的不是預知能力。現在我們必須趕緊……」

艾密斯團長說到一半，突然緊盯還燃着灰燼的老樹後方。

小希和黑狗俊樂也發現了不對勁兒，老樹後方的空氣中出現了一個黑色旋渦。

「那是時空縫隙的蟲眼！時空縫隙將要開啟，一

定是亞肯德大公爵追來了，快走！」

小希和黑狗俊樂趕忙跳上艾密斯團長裝飾獨特的
「小貨車」。艾密斯團長發動車子，未待亞肯德大公
爵跳出旋渦，車子已揚長而去。

艾密斯團長漫無目的地往前行駛。一路上，小希
頻頻回頭張望，生怕胖子大公爵會追上他們。

直到艾密斯團長認為已經擺脫亞肯德大公爵的追
捕範圍，他才把車子停下。

此時天色已轉暗，艾密斯團長從筆挺的西裝外套
內掏出一張牛皮卷，交給小希，說：「這是你們要找
的第二樣東西。」。

小希打開捲曲的牛皮紙，上頭寫着：能平衡一切
的鞋子。

「平衡一切？為什麼能平衡一切？鞋子怎麼能平
衡東西？」小希盯着牛皮紙，困惑地撓撓下巴。

「智慧長者給予的指示，必須由你們自己參透、
自己想。我沒辦法幫你們，對不起。」艾密斯團長歉
疚地說。

「為什麼你不能幫我們想？」

「這個……執行任務的是你們，當然得由你們自
己想。」

小希覺得艾密斯團長有時候很無情，但也不能逼
迫他幫忙。

「算了，自己想就自己想。到底什麼才是能平衡一切的鞋子？」小希轉過頭問黑狗俊樂，「俊樂，你能感應到什麼嗎？」

黑狗俊樂在貨車後座擺擺頭，他剛才嘔吐殆盡，肚裏空空如也。現在腦袋能想到的，都是食物的影像。

艾密斯團長下車為小希打開車門，說：「你們回去慢慢想吧！這裏是火車站，要請你們自己搭火車回去了。」

「你不載我們回去？」

「我找到另一個比較靠近的時空縫隙，而且就快關閉，沒辦法送你們。」

「胖子大公爵不會去我家捉我們嗎？」小希擔憂地問。

「這一點你不用擔心。亞肯德大公爵出現的時間跟我一樣，我們都必須等到時空縫隙開啟才能來到你們的世界。即使他出現，我也會立即趕過來把你們載走。」

「萬一你來不及呢？」

「呵呵，亞肯德大公爵有個缺點，就是動作比較慢。你們知道為什麼嗎？」

黑狗俊樂快快輸入：「我知道！因為他很胖！」

「哈哈，胖的人不一定動作慢。」

　　黑狗俊樂覺得很不好意思。他身為人類時也曾因長得有點渾圓壯實被人誤會他行動緩慢，他不應該先入為主，對胖子有偏見。

　　「亞肯德大公爵行動緩慢，是因為他覺得大人物就應該姍姍來遲，讓別人等他。換句話說，就是……」

　　「耍大牌！」小希接口道。

　　「呵呵，沒錯。大公爵最喜歡耍大牌，顯現他的尊貴和與眾不同。除此之外……其實，我不只是馬戲團團長喲！」艾密斯團長故作神秘，緩緩說道，「我是少數能感應時空縫隙開啟時間與地點的時空縫隙達人。所以，不管亞肯德大公爵法力多高，都不比我快。」

　　「時空縫隙達人？那你不是可以自由穿梭各個時空？」小希讚歎不已。

　　「嗯。我的祖先曾經當過傳送各個空間訊息的信差。」

　　「傳送各個空間訊息的信差？有這樣的職業？」小希覺得好新奇。

　　「是啊！不過，呃，還是言歸正傳吧。亞肯德大公爵雖然有辦法通過伊諾知道時空縫隙開啟的地方，卻沒辦法知道關閉的時間。因此，他通常都是來去匆匆，以免錯過了關閉的時機，回不去了。」

「回不去就留在我們的世界，不行嗎？」小希問道。

「當然不能。」

「為什麼？」

小希不禁感到好奇，難道他們留下來，身體會腐化或死掉？

「呵，你們不曉得，人類生存的世界，會讓我們變得遲鈍，降低智力。因此，其他時空的人都很怕來到這裏，即使來也不敢待太久。」艾密斯團長說完後，才發現自己似乎透露了不該說的機密，趕緊婉轉地說，「別誤會，我不是故意抹黑你們的世界。每個世界都有它的優缺點，別太在意。」

雖然艾密斯團長如此說，小希還是禁不住感到洩氣，道：「你的意思是，我們這個世界的人類智商比你們低，也比較遲鈍，對嗎？」

艾密斯團長斟酌一下，說：「應該是對於人生的體悟方面吧。」

小希看着黑狗俊樂，他也是一副不明所以的樣子。

「不多說了。我會再來找你們。」艾密斯團長說完，即啟動貨車急速離去。

黑狗俊樂與小希站在人來人往的火車站旁，有點兒無助。

　　黑狗俊樂嗚嗚兩聲，露出該怎麼辦的神情。

　　「只好搭火車回去了。」小希意興闌珊地走進火車站，黑狗俊樂趕緊搖着尾巴跟了過去。

10 火車站的街頭音樂家

　　小希第一次搭火車回家，費了好一番功夫才搞懂了返家的火車路線。

　　她買了一張票走下站台，黑狗俊樂緊緊跟在小希身後。

　　時間已接近晚上九點，過了下班的巔峯時間，這時候的人羣比剛才少了些。

　　「俊樂，待會兒你在火車門快關上時，快快跳上車，明白嗎？」小希慎重地囑咐黑狗俊樂。

　　黑狗俊樂點點頭。

　　剛才一名工作人員好心提醒小希，説火車局規定不允許動物登上火車。

　　因此黑狗俊樂唯有在最後一刻跳上車，才不會被站內的工作人員趕下來。上了火車之後，他得躲在位子下方，才不至於被檢票員發現。

　　黑狗俊樂有點兒緊張，畢竟他這麼做是犯規的。

　　距離火車進站的時間越來越靠近，黑狗俊樂開始害怕了，他怕自己錯過了上火車的時機，被工作人員抓起來，送去流浪狗中心，甚至是——人道毀滅！

一想到有可能被人道毀滅，他就越發緊張、害怕，身體不由自主地顫抖。

「待會兒火車門打開後，我會等大家都進去了才上車。你快點跟在我後面進來，知道嗎？」小希對黑狗俊樂叮囑，而後摩挲一下手掌，吞吐地說，「其實，我還是第一次搭火車呢！」

黑狗俊樂嗚嗚兩聲，把前肢搭在小希的膝蓋上安慰小希。

小希問：「你會不會緊張？」

黑狗俊樂趕緊搖頭。他可不能在好朋友緊張害怕時，成為她的負擔。

此時，火車軌道傳來輕微的震動聲，黑狗俊樂立定原地望向黑漆漆的軌道。

不一會兒，漆黑的軌道出現了火車頭，向他們駛來。火車終於進站了。

火車停下後，乘客們爭相湧進車廂，大概都怕擠不上火車得遲歸吧！

小希站在人羣中被推擠着，她開始擔心自己上不到這趟火車，趕緊做好登車準備。

待門口也差不多擠滿了人，小希一個箭步登上火車。

火車站發出警示聲，火車門即將關閉。小希趕緊喚道：「俊樂！快！」

黑狗俊樂鼓起勇氣往車廂躍去，誰知一個大意，右後肢踩空了！

　　黑狗俊樂身體隨之下陷，懸於火車與站台間，而火車門此刻正從兩側往中央闔上！

　　有的乘客喊出聲來。

　　小希迅速用雙手嘗試阻擋關閉的車門，但她的意圖沒有成功，火車門終究還是緊密地閉上。

　　黑狗俊樂往下一滑，眼看就要成為輪下魂了。

　　在這關鍵時刻，黑狗俊樂突然躍上站台！

人們只看見一個黑影掠過。原來有雙手將黑狗俊樂快速地拉扯上來。

黑狗俊樂還未反應過來，火車已開走。他驚魂未定地看着離他越來越遠的小希。

火車門內的小希嘴巴張合着，不曉得對他說什麼，不過黑狗俊樂知道她一定很擔心他，因為小希的表情充滿了擔憂。

半晌，待黑狗俊樂回過神，火車已走遠。

黑狗俊樂驚覺到他和小希就這麼分開了！他不知道該怎麼做，追也不是，不追也不是。

此時他記起救他一命的人，趕緊向後望去。

把他從鬼門關及時救回來的救命恩人，就站在黑狗俊樂身後。

那人身形修長，臉型俊美卻不苟言笑，長得一副「撲克臉」。

撲克臉似乎在思索什麼，而後突然一把將他抱起，對他咧嘴笑了笑。

撲克臉這一笑，僵硬的臉龐多了許多皺紋，顯得有點兒詭異。

黑狗俊樂焦急地想掙脫撲克臉的手，撲克臉卻無視他的掙扎，把他擠進手邊的黑色行李袋內，黑狗俊樂的世界驟然暗了下來。

接着，黑狗俊樂感到身體晃動不停，撲克臉拎着行李袋移動了！

黑狗俊樂尋思：他要帶我去哪裏？不會是將我劏了做成狗肉爐吧？

黑狗俊樂害怕得在行李袋內狂吠，但似乎沒有人

在意一隻狗兒的鳴叫，即使綁架他的是壞人，人們大概也不會出手相救吧？

後來，他吠得累了，加上早已餓得四肢乏力，他用盡全身力氣踢了行李袋一腿，就再也動彈不了。

小希在火車內，對剛才發生的意外還驚魂未定，心臟撲通撲通地急速跳動。

「幸好俊樂沒掉下去，要不然……」小希尋思該怎麼做才好，「必須去找俊樂，沒有我在他身邊，他一定嚇死了！」

方才的意外只是個小小插曲，大夥兒很快又回到各自孤獨的小宇宙。

小希看着四周各自看手機的人們，稍稍冷靜下來了。

「沒事的，俊樂一定還在剛才的地方。我回去找他就可以了。」小希對自己說，心情已完全平復。

不久，小希抵達下一站。

她下了火車，轉搭相反的火車路線，回到原本上火車的那一站。

可惜她並沒有見到黑狗俊樂的身影。

小希的期望落空了。她茫然失措地杵在原地。

「如果給俊樂帶個定位手機就好了。」小希不禁想，但一切都只能是幻想。

「俊樂，對不起，都是我不好。早知道我們不搭

火車，搭的士回去就沒事了。」小希懊悔極了，喃喃自語道，「你一定很害怕吧，俊樂？」

小希不放棄，在火車站裏裏外外找了幾遍，並向每一個路過的人打聽黑狗俊樂的消息。

每個人都擺手晃頭表示沒見過，有些還懷疑她是詐騙集團，遠遠地避開她。

好心的火車站工作人員走來勸慰：「你快回去吧！天黑了，待會兒最後一班火車開走，你就沒辦法回家了。」

小希執拗地搖頭，說：「不行，我一定要找到他。」

「唉！狗兒會自己回去的，別擔心。」

「真的嗎？」小希如抓住了懸崖上的救命草，期待而殷切地看着好心的工作人員。

「哦，我是說『應該』會回去。這種事誰也擔保不了。」工作人員聳聳肩，說，「回去吧！狗兒走失，再收養一隻新的就好了。」

「不，他不是狗！他，他⋯⋯是我的好朋友俊樂！」小希好不容易說出真相，但工作人員當然不可能聽明白。

「唉，人人都說狗兒是他們的好朋友，但為什麼那些沒飯吃的流浪漢，你們又不把他們當好朋友呢？唉，人命真比狗命賤！」

工作人員説着，無奈地走上了階梯，不再理會小希。

小希繼續在站台內守候，希冀下一秒黑狗俊樂就出現在某個轉角。

可惜最後一班火車開走了，小希依舊沒見到黑狗俊樂的身影。

「俊樂，我該怎麼做才好？你在哪裏？」

小希佇立在寂靜冷清的偌大火車站，顯得特別弱小無助。

良久，小希終於動了起來。

她摸摸口袋，掏出僅剩的零錢撥電回家。

小希的母親接聽了電話，詢問小希所在位置，預測半小時左右抵達火車站接她。

小希向火車站大門走去。期間，她不時搜尋着俊樂的蹤影。她猜測俊樂是因為肚子太餓，才會暫時離開火車站。

小希慢慢地走着，發現商店都已打烊。火車站內只剩下提着大行李袋或拉着行李箱的人們，興許是等着搭乘夜班火車的乘客吧？

小希轉而走上階梯，在階梯轉角的寬敞處，居然有一個衣着打扮前衛的街頭音樂家在拉奏提琴。

小希被動聽的樂音吸引，忍不住駐足聆聽。

街頭音樂家髮色染成橘黃，像楓葉般的黃，煞是

好看。長長的一撮橘黃劉海就這麼晃着，遮掩了一隻眼睛，另一隻眼則閉起來陶醉於自己的樂音中。

音樂家聽見腳步聲，閉着的眼開了條縫，瞥一眼小希，隨即他調整手勢，轉而拉奏另一首樂曲。

小希一聽這樂曲的旋律，身體立時震了震。

街頭音樂家拉奏的，是意大利作曲家 Monti 所做的著名樂曲"Czardas"。"Czardas"是一首匈牙利舞曲，樂曲起伏很大，既委婉又奔放，非常扣人心弦。

小希之所以對這首樂曲這麼清楚，乃因小希在小學時曾被老師逼迫參與跳了一支以"Czardas"為背景音樂的現代舞。

小希從小就對跳舞這回事非常抗拒，但經過舞蹈老師悉心指導後，小希漸漸喜歡上這支舞蹈。

因為"Czardas"這首動聽的樂曲，小希不再抗拒跳舞。

這會兒，小希聆聽現場演奏的樂曲，較之 CD 或電腦播出的，更令她震撼！

小希聽着悅耳委婉的樂曲，頭部隨着節奏輕輕晃動。小希相信她的細微動作並不會引起演奏家的注意。

街頭音樂家自顧自地拉琴，沒有看向小希，小希覺得頗自在。她不喜歡被人注目。

此時，來到了最扣人心弦的部分，也是樂曲中最

考驗技巧的精彩部分。

只見街頭音樂家輕鬆地拉奏，手指絲毫沒有難度地飛躍於琴弦間，好像它們與琴已合為一體。

小希望着街頭音樂家在提琴上如幻影般舞動的手指，看得着迷了。

就在小希讚歎於街頭音樂家的高超技藝時，音樂家突然停止拉奏。

音樂家僵在那兒，世界似乎驟然靜止。

音樂家抬起頭望向小希，緩緩説道：「你知道嗎？這是我最後一次拉這首曲子。」

「最後一次？為什麼？」小希好奇問道。

音樂家以毫無生氣的語調，説：「最後的時刻能有你相伴，我已經沒有遺憾。」

音樂家收起了琴，走下階梯。

小希杵於原地，「消化」着音樂家話中的弦外之音。

「最後一次拉這首曲⋯⋯最後的時刻有我相伴⋯⋯」小希赫然一驚，「難道他想死？」

小希趕緊拔腿追去。她不希望音樂家尋死。不，任何人都不應該尋死！

他的琴藝如此高超，應該被更多人聽見哪！

小希追着音樂家。音樂家茫然衝出馬路，迎向死神的前一刻，小希成功將他拉回來。

一輛貨車在他們耳邊呼嘯而過。

若不是小希及時拉住音樂家，他早已成為輪下亡魂。

小希喘着氣，咽了下口水說：「請教我拉奏 *"Czardas"*，可以嗎？」

音樂家不可置信地看着小希。

小希重申自己的要求：「請你教我，我一定要學會。」

有人說，音樂能改變一個人的一生。這句話套在這一刻，貼切極了。

音樂家因為演奏了 *"Czardas"*，引起小希的注意，並因為小希，拯救了瀕臨死亡邊緣的他。這就是音樂的神奇力量吧！

音樂家靜默地看着小希，眼眶不期然地溢出淚水。

11 蝸居

黑狗俊樂在平常吃飯的圓桌，吃着母親親手做的魚肉釀豆腐，喝下一大碗鮮甜湯汁，滿足地舔了舔嘴唇。

他抬頭看着母親，想對母親説：「好久沒吃到這麼可口的釀豆腐了，謝謝媽咪！」

他一開口，卻是母親聽不懂的「狗語」：「哦嗚，哦嗚，汪汪汪。」

此時，黑狗俊樂才驚覺自己變成了狗兒，嚇得狂吠幾聲！

黑狗俊樂睜開了眼。他發現眼前黑暗一片，伸手不見五指，驚得朝四周亂抓亂踢，誰知竟給他踢出一條縫來。

原來困着他的行李袋，並沒有拉上拉鍊！

黑狗俊樂趕緊從開口處鑽出去！

他終於回到光明世界。

「呼！剛才的釀豆腐，原來是夢。」黑狗俊樂悻悻然地歎口氣，「媽咪……」

黑狗俊樂一想起母親就很難過，眼淚又要落下，

但他趕緊晃晃頭提醒自己：「不行不行，媽咪還等着我去救她呢！我現在必須先想辦法回小希的家。」

黑狗俊樂隨即冷靜下來，打量四周。

這兒是個窄小的四方空間。其中一面牆的角落放了張單人木牀，牀邊有張小矮桌。牀頭那面牆是高至天花板的粗糙壁櫃，上面幾層整齊擺放着書籍，最下一層是衣物和一個小箱子，中間隔開衣物及書籍的，是一些獨特的小玩意兒，比如精緻的小喇叭、古舊型號的火車和巴士模型、頗有年代的精緻包裝餅乾罐子、鹿頭雕刻模型、風琴音樂盒……最後，是一張泛黃的黑白照片，照片中是一個俊朗男人抱着個小男生，想來就是這家子的主人和小主人了。

靠近行李袋的角落，是狹小的爐灶。牆上有一片木板，上面放着一個碗、一個碟子及一個杯子。

爐灶旁的簾子敞開着，裏頭就是浴室兼廁所。所幸廁所打掃得很乾淨，黑狗俊樂即使站在離廁所不到兩尺處，也完全沒聞到異味，還有股清香的洗潔劑傳入鼻翼。

這個家雖簡陋，卻很乾淨、舒適。

黑狗俊樂走去牀邊，再走向小廚房，只不過十來步的距離。

「這裏給我這樣的小狗住還差不多，人類住，真的很小。」黑狗俊樂不禁莞爾，「是什麼樣的人住在

這兒？」

黑狗俊樂平日住得好、吃得好，也睡得好，壓根兒不知道城市裏有部分人住在狹小的公寓裏，即俗稱的「蝸居」。

這裏連個像樣的客廳都沒有。這個四方格子屋，吃喝拉撒、睡覺、看書、所有娛樂和行動都在一個狹窄空間裏。

黑狗俊樂正感到困惑的當兒，門打開來了。

走進來的，正是擄走黑狗俊樂的撲克臉！

黑狗俊樂防備地退至牆邊，但也不過幾步之遙。

撲克臉走向黑狗俊樂，黑狗俊樂無路可退，只能往牀邊移去。

撲克臉跨一步，就來到黑狗俊樂跟前。

身型瘦高的撲克臉，矮下身子凝視黑狗俊樂。

黑狗俊樂趕緊低下頭，不敢與眼神犀利的撲克臉對視。

「你……餓了吧？」

黑狗俊樂反射性地抬起頭，心想：他怎麼知道我肚子餓？

「吃飽了，明天我帶你去找主人。」撲克臉說着，走向廚房準備食物。

「他真的會帶我去找主人？他到底是好人還是壞人？」黑狗俊樂思忖。

117

撲克臉在廚房忙着，不一會兒，一盆香噴噴的肉碎蘿蔔飯就擱到黑狗俊樂腳邊。

　　「吃吧。」

　　黑狗俊樂原本擔心撲克臉下藥在飯裏頭，但禁不起那誘人的香氣，便不爭氣地低頭呼嚕呼嚕吃了起來。

　　黑狗俊樂很快地就把碟子舔個精光，兩眼發光地盯着撲克臉，似乎意猶未盡。

　　撲克臉挑了挑眉，指着黑狗俊樂説：「不能吃太飽。什麼東西吃太多就不好吃。當然，也不能吃太少。」

　　黑狗俊樂想想，對呀，以前媽咪煮他愛吃的炸蝦球，他總是拚命地吃。後來，他看見蝦子都覺得噁心，甚至連平時喜歡吃的蝦片零食都不想碰。

　　撲克臉將黑狗俊樂的碟子洗淨，而後才慢條斯理地享用自己那碟香噴噴的飯。

　　黑狗俊樂見他一口一口把飯送進嘴裏，慢嚼細咽，差點兒耐不住性子衝過去大口吃掉。

　　吃完飯，撲克臉轉身走幾步到廚房，打開一個小木櫃，裏頭原來藏着個小冰箱！

　　撲克臉打開小冰箱，取出一瓶飲料，倒了些在杯子裏。他漫步到矮桌旁，坐在看起來非常溫暖舒適的麻布毯子上，手倚着矮桌喝着。

黑狗俊樂發現撲克臉那僵硬的臉，終於產生些許微妙變化。

撲克臉的嘴角往上提高了一點點，一般人或許看不出來，但黑狗俊樂察覺到了。

撲克臉眼睛微閉，一副醉醺醺的模樣。

此時，一道金黃光線參差地從窗外照射進來，映照在撲克臉身上，彷彿是他散發的溫暖金光。

黑狗俊樂不自覺地趴在撲克臉腳邊，舒服地享受着這一刻的美好寧靜。

12 酒吧內的角力

夜裏，街頭音樂家和小希並肩走在清冷的街道。

「你要帶我去哪裏？」小希忐忑地問。

「你不是說要學好這首歌嗎？在此之前，我必須帶你去一個地方。」

「什麼地方？」小希好奇問道，驚覺母親可能已經抵達火車站，趕緊說，「不行啊！我現在必須回去火車站……」

小希未說完，街頭音樂家便轉進一條巷子。小希無可奈何地跟了過去。

街頭音樂家在巷子內的一家酒吧停駐。他望了一眼酒吧的情況，再轉過頭對小希說：「是你把我從鬼門關拉了回來，你必須負責。」

「負責？我要怎麼負責？」

「聽說今晚會有個音樂界的重量級人物來這兒。如果你能讓我得到他的賞識，在國家音樂廳開一場演奏會，我就答應教你拉這首歌曲。」

「這……」小希猶豫着，她一直在想母親在火車站門口看不到她該怎麼辦。

忙碌的母親雖然一向對她很放心，給予她很大的獨立自主空間，但小希從來沒有晚上不回家的「前科」。

「媽咪應該會很擔心我吧！」

小希不想讓母親擔憂，她想像着母親找不着她時六神無主的樣子。

小希正要開口推托，卻瞥見酒吧門口的 Wifi 標誌。

「對！我可以用平板電腦連上 Wifi 跟媽咪説⋯⋯」

街頭音樂家推開了那道神秘兮兮的黑玻璃門。小希就這麼跟着街頭音樂家，走進了酒吧。

小希還是第一次進來酒吧。這絕對不是她這個年紀適合待的地方，酒吧內的人們見到她，都露出驚異的神情。

酒吧內外仿若兩個世界。外頭冷清靜穆，裏面卻熱鬧非凡、歌舞繁華。各種人聲、樂聲、碰杯聲、嬉笑聲交織融貫，小希只覺耳邊響起巨大的嗡嗡聲，什麼也聽不清。

「這是一個奇妙的空間。在這裏，人們會把綑綁了他們一天的束縛及不快情緒都放開。」街頭音樂家説。

小希不曉得怎麼回應，只覺得人們的表情透着一

121

股放肆的喜悦，好像小時候她衝去雨中淋雨、探險的那一剎那。

或許大人們平時太過壓抑了，現在正享受着那不受控制的片刻自由吧！

小希想着，隨街頭音樂家穿行於騷動的人羣中。

來到酒吧內最裏頭的靜謐角落，有張舒適的紅色半圓形沙發。沙發上有一個人背對羣眾，在昏暗的角落獨自斟飲。

「就是他。」街頭音樂家側過臉對小希說，「他是國家音樂廳的主席。」

小希端詳主席的背影，有點懼怕。他渾身散發一股特殊的氣場，似乎在警告他人：別來打擾我！

小希終究還是邁開腳步。

當她來到主席跟前，被他那冷冽的眼神一瞪，差點兒就縮了回去。

正巧小希的平板電腦發出叮咚一聲。

「應該是媽咪回應了。」小希想。

她瞄了瞄平板電腦，見母親回覆：你到底在哪裏？為什麼不在門口等我？

小希一時分心，忘了懼怕，在主席對向的沙發坐下來回覆母親。

主席看着兀自坐下來的小姑娘，說：「請走開，別打擾我。」

小希充耳不聞，繼續回覆母親的訊息。

「喂，你這小孩真沒家教！」主席不耐煩了，呵斥道。

小希一聽主席罵她沒家教，心生不快，耿直回道：「隨便侮辱別人，才是沒家教。」

主席想不到一個小姑娘居然敢回嗆他，眉頭皺得緊緊的。

一旁的街頭音樂家看得手心冒汗。他打着手勢暗示小希客氣些，但於此昏暗燈光下，小希根本看不清他的手勢。

「你知道我是誰嗎？」主席耐着性子問。

「知道哇！你是國家音樂廳的主席。」小希直白的回答，倒讓主席有點兒不知所措。

「呃……知道就好。你……」主席頓了頓，說，「你為什麼來這裏？這裏不是小女孩該來的地方。」

小希這才記起街頭音樂家讓她來這裏的目的，正襟危坐地說：「哦，您好。我是……」

小希不知如何啟口，望向街頭音樂家求助。

主席循着小希的視線，發現了站在吧台附近的街頭音樂家。

「是他帶你來的？」

小希點點頭。

「他……」主席打量街頭音樂家，看到他背着琴

盒，大致猜到他們的意圖。

「你們希望我給你們一個演出機會，是不是？」

「嗯，嗯！」小希趕忙點頭。

想不到主席心思如此敏捷，還快人快語，自動說出他們想提出的要求，真是再好不過了！

「你……拿過國際大獎嗎？」主席仰起頭，眼角瞄着街頭音樂家問。

街頭音樂家趕緊走過來，恭敬地晃了晃頭。

「在哪個名師門下學習過？」主席又問。

街頭音樂家又晃了晃頭。

「從來沒有在國際舞台演出的經歷？」

街頭音樂家這回點了頭。

「對不起。國家音樂廳從來不隨便接受無名小卒的表演申請。你們請回吧！」主席說完，即旁若無人地斟酒自飲，彷彿眼前的小希和街頭音樂家並不存在。

小希看着街頭音樂家神情失落，悻悻然準備離去的模樣，胸口似被一口氣堵着，非常不暢快。她腦海翻騰了下，朝主席問道：「請問，你在當主席之前，有當過主席的經驗嗎？」

主席反應不過來，直接晃了一下頭。

「你第一次演出，就登上國際舞台？」

主席這回鐵青着臉，說：「你這小屁孩，竟敢質

124

問我？」

「對不起，她只是個小孩，您別怪她。」街頭音樂家說着，趕忙過來帶走小希。

小希不肯罷休，又問：「沒有人天生什麼事都會做。凡事都有第一次，不是嗎？」

主席愣在那兒，小希的話竟讓他無言以對。

主席伸出手阻止街頭音樂家帶走小希，並示意他們倆坐下。

街頭音樂家和小希坐在主席對面，忐忑不已。

「你為什麼想在音樂廳表演？你自信有這樣的能力？」主席終於啟口。

「我……」街頭音樂家舔了舔嘴沿，說，「我雖然沒有得過獎，但每一次比賽都有入圍。」

「呵呵，入圍並無法肯定你的能力。」

「我知道。所以，我希望……你能聽完我的演奏，再做決定。」

「我沒有時間。如果每個人都這樣要求，我不是很不得空？」

街頭音樂家知道所求無望，向主席鞠了個九十度躬，朝小希說：「我就知道是這樣的結果。對不起，我不能教你拉琴了。」

街頭音樂家正要起身離開，小希慌忙拉住他的琴盒，朝主席問道：「你就不能聽他拉琴嗎？」

主席非常篤定地晃晃頭。

「你寧願花時間在這裏喝那麼難喝的酒，也不願意聽美妙動聽的音樂？」小希不能置信地問。

「呵，我敢肯定我的酒比他的音樂好。」

「你——」小希不知道該怎麼辯駁主席的話，情急之下，說，「呵，我敢肯定你拉得沒有他好。」

「你怎麼知道我比他差？你又知道我學過琴？」

「我⋯⋯猜的。」

「呵呵呵，好了，小妹妹。別胡鬧了，快點回去睡覺。」

「你敢不敢在這裏跟他比一比？」

「我為什麼要跟他比？我不是提琴手⋯⋯」

「我知道了，你一定是害怕輸給他！」

「誰說我怕？」

「那就比呀！」

「比就比！」

主席吐出這句話時，自己也愣了一下，接着又笑了起來。

「呵，小妹妹你可真狡猾，居然懂得用激將法。」

一旁的街頭音樂家趕緊阻止小希繼續胡鬧，但小希不理會他，說：「怎麼樣？你親口答應了，不能反悔。現在就比吧！」

「我答應你要比，可我沒有説什麼時候比呀！」主席也狡猾回應道。

「你——好，我跟你賭一杯酒。要是你輸了，就喝完。」小希搶過主席的酒杯説。

「嘿，你這小妹妹真是不知死活，小孩子可不能喝這種酒。」

「你害怕讓我喝掉嗎？」

「呵？怎麼可能？我一定會贏！雖然我已經好多年沒拿過琴。」

「好，那你贏了的話，就可以喝這杯酒。」

「嘿，這還用説，我肯定贏。」主席説着，把小希手中的酒杯奪回，一口喝下。

「都還沒贏你就先喝掉，你説話不算數！」

「這——」主席又不小心掉入小希的圈套。現在他要是不跟街頭音樂家「鬥琴」，就是個説話不算數的大人了。

主席攤開手，無可奈何説道：「你真會糾纏人。」

主席站起來，喚街頭音樂家給他琴。

街頭音樂家傻愣愣地奉上琴盒。事情發展至此，確實是他難以想像的局面。

主席拿出提琴，把琴搭於肩上。他思索了一下，一連串的顫音浮現，頓時酒吧的所有吵雜聲戛然而

止。幾個顫音之後，是快速的樂音搭配顫音。小希依稀聽過這曲子。

「Vivaldi《四季》的第二協奏曲"*Summer*"，第三樂章。」街頭音樂家馬上説。

原來是意大利著名小提琴作曲家Vivaldi《四季》的其中一首組曲。

主席一口氣拉完這個堪稱迅、猛、快的樂章。

眾人愣了好一會兒，才爆出如雷掌聲。

小希不禁乍舌，心想：糟糕，想不到主席的琴藝如此高超，我真是太小看他了。不知道街頭音樂家可不可以贏得更大的掌聲。

主席將提琴交棒給街頭音樂家。

街頭音樂家倒抽口氣，沉着地閉起雙目。

一首委婉哀怨的樂曲從他的提琴流瀉而出。小希聽過這首歌曲，是她父親很喜愛的電影《舒特拉的名單》中的主題音樂。

街頭音樂家拉得深沉、幽怨，似在傾訴着人們心底最哀傷的情緒。聽者無不被其牽動，隨着曲子閉起了眼睛，有者甚至淌出兩行淚水。

曲子終了，久久都沒有聲響。空氣中只傳來人們吸鼻子聲和輕微的抽泣聲。

良久，掌聲響起，雖不響亮，卻許久未停。

主席瞄一眼街頭音樂家，道：「我輸了。」

「不，這是人們的厚愛，技術方面我承認不如你。」街頭音樂家説。

「不，人們要的，不是技巧高超的演奏家，而是能打動人心的音樂家。」

街頭音樂家愣了一愣，半晌才明白過來，高興得歡呼大叫，晃動着小希的手道：「成功了！我可以在國家音樂廳演奏了！我終於完成我妻子的遺願了！」

小希挑了挑眉，大致猜到街頭音樂家尋死的原因。

眾人要求街頭音樂家再拉一曲，街頭音樂家推辭不了。他看一眼小希，拉奏小希最喜歡的 *"Czardas"*。

小希趁眾人陶醉於樂曲時，靜靜地走出酒吧。

臨走前，她留了家裏的電話號碼給吧台的調酒師，請調酒師交給街頭音樂家。

她現在一心只想着回家。

　　來到火車站前，小希遠遠地就看見母親的身影。
她從來沒有如此想念母親，立時飛奔過去。

　　「媽咪！」

　　母親轉過身來，眼神無比焦慮地凝視小希。她嘴
唇蠕動了下，卻什麼都沒說，下一秒，她緊緊地將小
希擁入懷裏。

13 撲克臉的傳家之鞋

黑狗俊樂在舒適的軟墊上睡了一晚。迷迷糊糊中，有個人搖晃他的身體。

他扭過身想繼續睡，一陣撲鼻香氣衝進鼻翼。

「什麼東西這麼香？」黑狗俊樂尋思，快快爬了起身。

眼前擺着一盆瑤柱肉餅，那鮮甜香味實在誘人！

黑狗俊樂立時清醒過來，大口咬下肉餅，三兩下即吃個精光。他眼神殷盼地央求撲克臉賞他多一個肉餅，怎知撲克臉搖搖頭道：「你忘了我昨天跟你提過的事嗎？凡事不可過多。」

黑狗俊樂不依地賴在原地打滾，撲克臉冷冷地瞟一眼黑狗俊樂，説：「走了！」

撲克臉修長的手指一把抓起黑狗俊樂，將他裝進昨天的行李袋內，並特意在拉鍊口留了條縫讓黑狗俊樂透透氣。

出了門口，黑狗俊樂好奇地把頭鑽出去，但立即被壓進袋裏。

撲克臉壓低聲量對行李袋內的黑狗俊樂説：「這

裏的保安很兇，被發現的話可能會被做成狗肉爐喲。」

黑狗俊樂一聽，不再亂動，乖乖地待在袋裏。

來到電梯口，黑狗俊樂從縫隙中瞄到一個身型健壯的男子走來。

撲克臉向男子打了聲招呼：「保安先生，今天真早哇！」

「保安？我也太走運了吧？」行李袋內的黑狗俊樂不禁冒汗。

這時電梯來了，保安尾隨撲克臉走進電梯，道：「我也不想早起，但昨晚又有流浪狗闖進來，還到處拉撒，氣死我了！」

「流浪狗？那你要怎麼做？」撲克臉面無表情地問。

「還能怎麼做？當然是把這些該死的流浪狗抓起來呀！」保安晃了晃手上拿着的東西。

撲克臉端詳那東西，語氣仍舊平和：「這東西有用嗎？」

「當然有用。這是我自己特製的喲！網子內綁了刀片，被抓的話肯定有牠好受！」

黑狗俊樂在行李袋裏聽得渾身打顫，要是被保安發現，掉入那綁着刀片的網兜裏……

黑狗俊樂從縫裏瞄到眼保安手上的網兜，那亮閃

閃的刀片晃得他快睜不開眼。

「要是被發現……」黑狗俊樂嘴巴緊閉着，不敢發出一絲聲響。

「對了，你每天提那麼大個包，裏頭到底裝了什麼？」

撲克臉一時答不上來，支吾幾聲。

保安低頭趨近行李袋，聞了聞，一臉狐疑道：「怎麼有股臊味兒……」

「是我『吃飯』的工具，工具用久了難免有味兒。」

「哦。」

黑狗俊樂屏着氣，生怕他的氣息從拉鍊口蹦出讓保安發現。

終於挨到電梯門開了。撲克臉冷靜地走出電梯，回頭向保安欠了欠身，準備離去。

保安不死心地緊盯撲克臉的袋子，説：「你放心，我一定盡全力抓住那些流浪狗……」

黑狗俊樂鬆一口氣，不意隨着那口氣打了個嗝！

保安聽見行李袋傳出聲響，趕緊扒開袋子往裏瞧，驚見黑狗俊樂！

保安正要指責撲克臉，身後卻傳來狗兒的騷動聲。撲克臉趁保安轉過頭的瞬間迅速扯過袋子，朝公寓大門逃去！

「喂！」保安回頭喊撲克臉，但撲克臉直奔街頭，很快就不見了蹤影。

保安顧不得撲克臉，轉身追向公寓內幾隻流浪犬，扯着嗓子嘶吼：「你們死定了！」

流浪犬見保安怒氣洶洶跑來，迅速奔逃如鳥獸散。

保安一隻狗兒也逮不着，白忙一頓氣喘吁吁地兀自吃喝。

另一邊廂，從公寓逃出來的撲克臉，此時若無其事地走在街頭，彷彿剛才什麼事都沒有發生。

「他現在是要帶我回家？他知道我住哪裏嗎？」黑狗俊樂尋思。

他們穿過熱鬧的街道。走了一段路，街上的建築變得古舊，原來他們來到城中的舊街區。

撲克臉繼續悠哉地穿行於窄小的街道。不一會兒，他們抵達一家小小的店舖。

撲克臉拉開店舖閘門，進去把行李袋打開。黑狗俊樂終於得以從「牢籠」釋放出來。

黑狗俊樂在撲克臉身旁轉悠，撲克臉不理他，徑自整理着看起來窄小無比的店面。

黑狗俊樂此時才發現，原來面積只有一般店舖的四分之一的小店，是家修鞋舖。

撲克臉居然是一名修鞋師傅！

黑狗俊樂立時想起艾密斯團長交於的第二個任務——找到能平衡一切的鞋子！

　　「難道撲克臉就是我要找的關鍵人物？」黑狗俊樂打量正補着鞋子的撲克臉，肯定地頷首，「一定是的。想不到我這失物之靈這麼厲害！誤打誤撞就碰到關鍵人物，真是得來全不費工夫哇！」

　　黑狗俊樂興奮地衝去撲克臉身畔，嗚咽幾聲，撲克臉自然不明白他的意思，擺擺手道：「到一旁等去。今天有幾個客戶要來取貨，等我做好這些就帶你回去。」

　　黑狗俊樂又嗚嗚幾聲，撲克臉沒有理會他，專注地為鞋子加上底子，放到歷經歲月洗禮的老舊補鞋機器上，一針一針地縫補鞋子。

　　黑狗俊樂只好先在一旁候着。他審視一遍地上、鞋盒裏、櫃子上，還有堆積到天花板的所有鞋子，看得他頭昏眼花，還是搞不清哪雙才是「能平衡一切的鞋子」。

　　「如果小希在就好了……」黑狗俊樂喃喃唸着，在鞋堆中趴了下來，雙眼迷濛地觀賞店舖門口的景致。

　　老舊城區的空氣透着一股慵懶，時間極其緩慢地流淌，黑狗俊樂看着看着，不禁打起盹兒來。待他睜開眼，已過了正午時分。

　　「糟糕！我必須回去找小希！」黑狗俊樂陡地跳

起，頭部竟撞到一旁的鞋櫃。那鞋櫃裝載了過多鞋子和雜物，原本就不太穩定，被黑狗俊樂這麼一撞，竟歪歪斜斜地向他傾倒過來！

黑狗俊樂這般瘦小的體型，被壓着的話，不被壓死也會筋斷骨折。

黑狗俊樂忙不迭地躲閃，但依舊閃避不及，眼看就要被櫃子壓着，撲克臉衝過來，及時扶住下傾的櫃子。

櫃子被擺正，但黑狗俊樂免不了災，被櫃子內落出來的鞋子打個正着。

咚咚幾聲，黑狗俊樂覺得頭上開了花，站都站不穩。

待他四肢站穩，正要靠向撲克臉撒嬌一番，撲克臉卻發出「咦」的一聲。

只見撲克臉彎下腰，撿起適才打中黑狗俊樂的其中一雙鞋。

原本面無表情的撲克臉顯現極大的變化。他兩眼發光，眉頭抬高，嘴唇張得老大，臉頰也鼓了起來！

黑狗俊樂第一次感覺到撲克臉的笑意！

「這，這是……」撲克臉喜不自勝地望向黑狗俊樂，咽了幾口口水，終於說出，「我們家的傳家之鞋！」

「我找了好多年，想不到它藏在櫃子深處，疊在鞋子間，今天被你這麼一撞，竟然給翻出來了！」

面對這「傳家鞋」，一向冷酷木然的撲克臉也沉不住氣了！

黑狗俊樂不明所以，盯着那外表平凡不已的黑色男裝皮鞋。

「你別看它樣貌平凡，其實它使用的，是百年難得一遇的皮革。這種皮革的特點，是輕重適宜，鞋底的材質防滑性極強，底紋也非常耐磨，另外，它還有一個非常特別的地方。」

黑狗俊樂好奇地往前查看，卻什麼也看不出來。

「它的鞋底與鞋子間，灌注了一層化學物質。」

黑狗俊樂睜大了眼。加了化學粒子的鞋他倒是頭

一回聽見！

「雖然我不清楚到底是什麼化學物質，不過，當然不是普通的化學物質。而這鞋，更不是普通的鞋子。而是……」撲克臉一字一句地說，「能平衡一切的鞋子。」

黑狗俊樂呆住了。能平衡一切的鞋子！這幾個字從撲克臉的口中說出來，令他震驚無比！

想不到世界上真的有能平衡一切的鞋子啊！

「它是由我許多代以前的祖先製造的。世界上沒有人得知它的存在，只有我們家族的人知道，並一直守着這個秘密。」撲克臉娓娓道來，「從小，我父親就教導我們平衡的重要。生活必須平衡，做人也必須平衡，這與中國古老的中庸之說是異曲同工，講的都是同一個道理。」

「怪不得撲克臉一直強調那些話，什麼吃太多太少都不好之類。」黑狗俊樂想。

撲克臉繼續述說關於鞋子的傳說，代代相傳的鞋子傳到了他這一代時，居然在某一天消失了蹤影。

「我一度以為鞋子被偷走，想不到它居然還在店裏！太好了，謝謝你！」撲克臉難掩激動的心情，將黑狗俊樂整個舉起，但手長腳長的撲克臉，沒注意到店舖天花板的高度，結果黑狗俊樂直愣愣撞向天花板。

「哦，對不起，我太高興了！」撲克臉慌忙將黑狗俊樂放下。

黑狗俊樂兩眼昏花，連叫都沒叫差點暈了過去，可他一想起必須儘快完成任務，馬上又打起十二分精神站了起來。

「小時候我聽祖父說，這雙鞋子曾被一名修行者所擁有，修行者的言行指導了許多被世俗煩惱纏身的人們，甚至帝皇也來尋求修行者指點迷津，可惜他卻因為一位絕世美女而失去了平衡之心，甚至將這雙鞋子奉上……」撲克臉似被點了「說話鍵」，繼續喋喋不休地述說關於這鞋子的坎坷離奇「身世」。

撲克臉說得七情上面，一會兒哀怨，一會兒着急，一會兒又憤恨不已。他面部表情豐富得一點兒都不像「撲克臉」啦！

撲克臉終於說完，然後將兩隻鞋子的鞋帶繫到一塊兒，說：「這樣就不容易丟失啦！」

黑狗俊樂雙目炯炯地盯着鞋子。

突然，黑狗俊樂一個飛撲，嘴巴順利咬下剛繫好的扭結，以迅雷不及掩耳之勢逃了出門。

撲克臉愣了一愣，發現手上的鞋子已不翼而飛，氣急敗壞地追了出去。

這舊城區街道的規劃原本就凌亂不已，加上隨意搭建的攤子、堆滿貨物的走道，阻礙了行走。

　　黑狗俊樂只得時而躍進過道，時而躥出馬路，攀高伏低地前進。他往回探了一眼，沒看見撲克臉追來，不禁鬆懈下來。

　　殊不知撲克臉正不急不緩地從另一個方向走來。

　　對舊城區了若指掌的他，觀察黑狗俊樂前進的方向，打算抄捷徑截住黑狗俊樂。

　　就在一個轉角處，撲克臉出其不意地蹦出來，阻擋了黑狗俊樂的去路。

　　黑狗俊樂來不及踩刹車，自投羅網地落入撲克臉的懷抱！

　　黑狗俊樂不死心地拚命掙扎，撲克臉氣憤喊道：「靜！」

　　黑狗俊樂全身抖了一抖，嘴部竟鬆開來，繫着扭結的兩隻鞋子咔噠兩聲掉在地下。

　　「你這傢伙，差點兒讓我多年的修養喪失殆盡！」撲克臉長吁一口氣，神色回復冷靜，説，「我問你，誰讓你偷我的傳家鞋？狗咬呂洞賓，你真是不值得救呀！」

　　黑狗俊樂自知犯了不該犯的大錯，搶了救命恩人的東西。黑狗俊樂好生慚愧，頭低得快貼着胸口。

　　「原本還想帶你去吃頓好的，再讓城皇帶你回去。呵，現在看來，得先把你交給城皇調教調教才行。」

城皇？誰是城皇？聽起來就是個可怕的角色。

黑狗俊樂思忖，尾巴不禁縮了起來。

慢着，剛剛撲克臉說讓城皇帶我回去。城皇為什麼曉得小希的家？難道他認識小希？

黑狗俊樂無需繼續猜測。撲克臉已帶着他來到一處廢棄老屋。

老屋蕭條荒涼，其中一面牆塌了，還有半片烏黑的牆，看來是曾被火舌吞噬而遭遺棄的老屋。

他們踩過一地的瓦礫，來到「他」的跟前。

「城皇，這，就交給你。他偷了我的鞋，還有，遲點你送他回家。」撲克臉對「他」說。

黑狗俊樂看着眼前的「他」，下巴都快掉下來了。

他——城皇，竟然是隻野狗，而且是隻毫不起眼的土狗！他年歲頗大，毛發黑褐，毛長卻毫無光澤，但眉間的三道雜亂白毛倒讓他顯得與眾不同，極易辨認。

城皇瞥了黑狗俊樂一眼，目光如炬，黑狗俊樂不禁打了個冷戰。

接着，城皇面向撲克臉，從鼻子哼氣，哼哧幾聲。

黑狗俊樂原本是人類，當然聽不懂「狗語」，但撲克臉居然聽懂了！他回城皇道：「我明白。我會想辦法帶那些逃進公寓使壞的狗兒回來。」

142

　　原來公寓的狗兒是城皇的手下？牠們背叛了城皇？黑狗俊樂對城皇充滿了疑問。

　　撲克臉也是一號神秘人物。城市裏，居然住着一個擁有與狗兒溝通能力的人類！

　　這對俊樂來說，是荒誕不已的事，可現在千真萬確發生在他眼皮底下！

　　撲克臉不只能跟狗兒溝通（除了黑狗俊樂之外？），還有一雙能平衡一切的特殊鞋子，這才是更讓黑狗俊樂驚訝、納悶的事。

　　或許在世界的某些角落，每天都發生着許多不為人知，超乎人類想像的事吧！

　　撲克臉愛惜地撫摸着那雙從黑狗俊樂口中奪回的鞋子，就像那是珍稀物品一樣，說：「你也知道，我找它找了很久。這雙鞋子的功用，我相信爺爺也跟你提過。你應該知道它對我們的意義。」

　　城皇沒有顯出太驚訝的神情，他理解地微微頷首。看來城皇早就聽說過關於這雙鞋子的事。

　　黑狗俊樂更加困惑了。如果說城皇在撲克臉的爺爺那代就存在，那城皇不是超過百歲了？一隻狗兒能有那麼長的壽命？

　　不待黑狗俊樂多想，不，是根本沒時間讓他想。

　　就在撲克臉轉身離去的瞬間，城皇一躍來到他跟前，眼瞳凝聚成一小點，目光透着凜凜殺意……

14 城皇的教誨

「快到家了。」小希想。

她從副駕駛座望出去，遠遠地就看到個人影在那兒。是父親在籬笆內踱步。

小希雖然沒有看見父親的表情，但可以想像父親一定非常擔心她。她內心又愧疚又害怕，想着怎麼跟父親解釋。

下了車，小希忐忑地走到父親跟前，輕喚：「爸爸。」

父親二話不說，一個巴掌扇過來！

小希捂着被父親掌摑的臉龐，羞憤地怒瞪父親。

「怎麼樣？不服氣？做錯事還敢這樣看我？」父親衝小希喝道。

小希委屈極了，丟下一句「我最討厭爸爸」就飛奔進屋裏。

母親和父親好像有一些爭執，但小希沒心情聽，也不想理。她把自己關在房裏，心中不斷吶喊：為什麼人家的爸爸不會那麼不講理？為什麼爸爸要這麼霸道？為什麼他可以隨便打我？為什麼……

一連串的為什麼，把小希成功幫助街頭音樂家的高昂心情，拉至谷底。

偏偏俊樂到現在還生死未卜，完全沒有消息。

「俊樂，你到底在哪裏？」

小希將自己整個人埋進棉被裏頭，眼淚不聽使喚地簌簌流下。她的心情從來沒有像現在這麼難受。

隔天，小希一睜開眼，就趕忙跳下牀尋找黑狗俊樂。

「俊樂！俊樂！」

黑狗俊樂並沒有出現。

小希慨然地歎了口氣。她多希望昨天發生的事只是一場夢。

小希拖着沉重的腳步去上學，臨出門前，母親還特地過來看看她，問她狗兒不見的事，但她什麼都沒有說。

小希心不在焉地上課，挨到放學鈴響，她匆匆走出校園，確定了錢包內的錢帶足，朝臨近的火車站走去。

她今晨在家上網做了功課，把通往火車站的路線都儲存在平板電腦裏頭。現在，只需拿出平板電腦，就能依循地圖走去火車站。

她要去昨天俊樂失蹤的那一站尋找俊樂。

「俊樂，你一定要在那裏等我！」

小希朝顯示的路線前進。這路線指示的道路都比較靜僻，但小希別無選擇，只好眼觀四方，小心為上。

走過學校附近稀稀落落的商店，小希步上一座人行天橋。天橋下方是魚貫穿行的車輛。

天橋上行人不多，小希卻撞見了一個同學。

他是班上的調皮鬼祖銘，平時在班上總愛調侃俊樂，喚俊樂「小狗」，不然就取笑俊樂有點嬰兒肥的臉蛋。

小希見祖銘迎面走來，視線有些閃爍但又不宜挪開，唯有尷尬地對他點了點頭。

祖銘靠過來，問她：「你知道俊樂什麼時候回來嗎？」

小希愣了一下，心虛地說：「不知。」

「哦，真好，那麼多天不用來上課。」祖銘羨慕地說。

「才不好，他很想回來上課呢！」小希一時口快。

「你怎麼知道？你有跟他聯繫？」

「呃，不，我……」小希不禁舌頭打結。她最不在行撒謊了。

祖銘沒有繼續追問，自顧自地說：「他不在班上，我就沒人可以調侃、開玩笑了呢！」

祖銘説完，往小希相反的方向走下人行天橋。小希看着他坐上一輛私家車離開了。

「他這麼説，是想念俊樂的意思嗎？俊樂知道的話一定很高興。」小希嘀咕着，走下人行天橋另一側的樓梯。

下了樓梯，小希依指示拐向河邊小道。這條河貫穿小希居住的城市，平時小希只是遠遠地望見，從來沒有這麼近距離看過它。

小希走在河邊步道，視線自然地落在這條河上，看着潺潺流動的河水，她心底的焦慮釋放了些。

河水中偶爾會浮現一些不應該出現的東西，比如塑料袋、被扯壞的飯盒，甚至是衣服。小希不禁感歎，人類怎麼那麼愛往河裏扔東西呢？

正感歎着，小希的視線被河中某個旋渦吸引了。那旋渦越來越大，最後竟蹦出一個人來！

那人一跳，跳到小希跟前，小希驚得就要大喊。那人趕忙説：「別怕，是我！」

小希定下心來，原來是艾密斯團長！

「艾密斯團長，你怎麼從那裏出來？」小希疑惑地指着河水中的旋渦。

「為了不讓亞肯德發現，我用了些方法，讓時空縫隙轉移到這河水中。這可以拖延他們來到這個世界的時間。」艾密斯團長説着，着急地問小希，「你們

找到能平衡一切的鞋子了嗎?」

小希搖搖頭,擔憂地說:「沒有,而且俊樂不知道去哪裏了。艾密斯團長,你可以幫我找到俊樂嗎?」

「什麼?」艾密斯團長露出吃驚不已的表情,這使得小希更擔憂了。

「怎麼了?俊樂是不是發生什麼事了?」

「不。我還不知道他有沒有事,不過亞肯德的僕人伊諾很可能看見俊樂在哪裏⋯⋯」

小希倒呵口氣,着急地說:「俊樂會被他們抓走嗎?怎麼辦?」

艾密斯團長沉吟一下,說:「亞肯德一般出現在你們世界的時間不超過半小時,而且伊諾未必能『後見』俊樂的所在地。不管怎樣,我們一定要在亞肯德找到俊樂前找到他!」

於是,小希和艾密斯團長沿着河道跑了起來,往火車站趕去。

此刻的黑狗俊樂,正面臨着前所未有的危機。

一隻不知道活了多少年的老土狗城皇,正殺氣騰騰地盯着他。

體型瘦小的黑狗俊樂本能地往後退了一步,但他沒能躲過城皇攻擊。

他來不及做出任何抵擋,就已被城皇的前肢抵在

瓦礫中，接下來撕裂神經的痛覺覆蓋了他的全身，他已經分不清哪個部分被啃咬。

沒有經過太多掙扎，黑狗俊樂昏了過去。

一向養尊處優、被母親寵溺、沒有被打罵過的黑狗俊樂，正遭受着生平從未經歷過的試煉和痛楚。

黑狗俊樂醒過來的時候，萬千針刺的痛覺又爬滿了全身。他寧願自己還未醒來。

他微張着眼，看到把他打得遍體鱗傷的「兇手」就在前方。他已沒有力氣閃躲，唯有緊閉着眼睛。

突然，他感到肩膀一陣清涼濕潤。他慢慢睜開眼。

城皇居然在舔他肩膀上沁着血的傷口！

黑狗俊樂打了個冷顫，防備地站起來。

城皇停止了動作，他望向黑狗俊樂，眼神奇怪地透着一股暖意。

城皇哼哧兩聲，示意黑狗俊樂躺下。

黑狗俊樂乖乖照做，現在的他的確需要躺下休息。

城皇用嘴巴叼來一些不知名的草，放進口裏咬嚼後，熟練地敷在黑狗俊樂的傷口上。

「這是可以治傷口的草藥？」黑狗俊樂想着，靜靜地「享受」城皇的照護。

黑狗俊樂又昏睡過去，再次醒來已是午夜時分。

廢棄老屋不知何時聚滿了狗兒，橫直交叉、各種姿勢地盤踞於碎瓦礫上睡覺。

　　黑狗俊樂從未見過這麼多狗兒聚集在一塊兒，不禁有些怯意。

　　他伸腿動了一動，發現身上的傷已沒那麼痛。

　　「好神奇的草藥！既然不痛了，我還是快點離開。」黑狗俊樂暗自思忖，悄悄爬了起來。

　　趁着眾狗兒在睡夢中，他得抓緊機會逃離。

　　可惜才拔腿要逃，城皇已一個箭步躍到他跟前。

　　城皇的右前腿兒抵着他的頭，俯視着他，齜牙咧嘴的，一頓撕咬似乎又要展開。

　　唉，黑狗俊樂輕歎一聲。這就是他偷東西的懲罰吧！誰讓他偷了救命恩人的東西？這是上天給他的懲戒，他活該被城皇教訓。

　　黑狗俊樂微閉着眼，沒有反抗，心甘情願地承受着即將發生在他身上的一切。

　　城皇見黑狗俊樂沒有掙扎，放開了他。

　　黑暗中，黑狗俊樂覺得城皇的眼瞳炯炯發光，接着神奇的事情發生了！

　　他竟然讀懂城皇眼裏的含義：「以後不許再偷東西。」

　　黑狗俊樂趕緊點點頭。城皇滿意地走回瓦礫邊沿最高處，眼睛從左到右巡視一遍，才放心地躺下休

息。

即使睡着，他仍面向着狗羣，只要一睜眼，其視線覆蓋面包涵了整個「狗城」。這大概就是一個首領的任務——確保每隻狗兒都在其視線範圍內，每隻狗兒的舉動都在他的掌控之中。

「到底是怎麼回事？難道城皇可以透過眼睛跟其他人或動物心靈溝通？」黑狗俊樂尋思，對方才的事猜測不透。

黑狗俊樂已放棄了逃跑的念頭，不敢再輕舉妄動。他知道，他一有什麼動作，城皇都會立即過來制止他。

黑狗俊樂對城皇不禁起了敬慕之心。

「當一個首領真不簡單哪！不知道我將來有沒有可能成為首領？如果有一天我真的成為首領，我一定不像城皇那樣隨便，得好好地打扮一番，讓自己看起來威風八面。」黑狗俊樂異想天開。

此時的城皇並沒有睡着，他微閉着眼睛，看着不遠處的黑狗俊樂，似乎在打什麼主意。

突然，門外傳來細微的聲響，黑狗俊樂豎起耳朵聆聽。

接着，廢棄老屋的門被掀開，兩隻流浪狗兒竄了起來，緊跟着牠們身後進來的，是撲克臉！

黑狗俊樂趕忙爬起來。此時城皇已來到兩隻流浪

狗兒跟前。

「牠們差點兒成了保安員的香肉大餐呢！」撲克
臉說。

城皇瞪視兩隻「叛徒」，叛徒們搖尾乞憐，低頭
嗚咽，似乎在認錯。

城皇看進撲克臉的眼底，這一次，黑狗俊樂看清
楚了，他們倆在做着眼神交流！

原來撲克臉和城皇能透過眼神知道對方的心思。

「別跟我客氣。當年要不是你，我還是個流浪
漢，或許早餓死街頭了。」撲克臉說，「他……」

撲克臉看過來了，黑狗俊樂趕緊別過頭。

「他是一隻特殊的狗兒。嗯，我知道他一定有什
麼苦衷……」撲克臉與城皇在談論着他。

突然撲克臉反應頗大地叫道：「什麼？不，不能
把鞋子交給他！」

城皇神色威武地盯着撲克臉，其他狗兒不知何時
都醒了，圍籠過來。

城皇哼哧一聲，狗兒們退開幾步，但仍守候着他
們的首領。

黑狗俊樂慌忙鑽出狗羣，他感到一場戰鬥就要展
開。

撲克臉沒有退讓，城皇當然也不可能退讓。他們
互別苗頭地瞪着對方，火藥味越來越重，一人一狗眼

看就要開打。

「你一定要我把鞋子給他？」

城皇頷首。

「為什麼？不，我不相信！」

撲克臉很快地奪門而出，但城皇比他更快，閃電般竄去門口阻擋了撲克臉的去路。

「我不想跟你有衝突……」

撲克臉未說完，城皇已撲了過去，撲克臉用手臂抵擋住城皇的撕咬，與此同時他伸腿踢向城皇的腹部。城皇整個被踢飛開去，但牠一碰地即彈了起來，瞬即展開第二輪攻勢！

城皇銳利的爪子撲向撲克臉的身體，張嘴就要咬下撲克臉的脖子，撲克臉卻及時翻了個筋斗，用手肘擋住頸部的同時，推擋城皇的嘴部，再一次將城皇的攻擊化解。

城皇也不是省油的燈，他緊抓住撲克臉不放，嘴部再次伸向他的頭部。撲克臉只好聲東擊西，另一隻手錘擊城皇腹部減低城皇的嘴力。

看得出撲克臉擁有一定的格鬥底子，一般人決計承受不了城皇兇悍的攻擊。一人一狗就這麼扭打在一塊兒，打得難分難解。

黑狗俊樂覺得自己很窩囊，城皇分明出面幫他向撲克臉要那雙鞋子，他居然躲在一旁什麼都不理。

他心底渴望城皇在這場戰鬥獲勝，但又擔憂撲克臉因此受傷。

黑狗俊樂不停眨着眼，心中充滿了愧疚，但他知道自己不該這麼窩囊下去，他應該出去阻止他們！

黑狗俊樂深吸口氣，正準備衝過去遏止打鬥，卻瞥見門口出現一個胖胖的身影！

黑狗俊樂愣了一下，感到危機就要襲來，立即往後奔去。

說時遲那時快，廢棄老屋頃刻間被煙霧瀰漫，所有屋內的生物都暈死過去。

待煙霧漸漸消散，一個胖子走了出來。他正是胖子大公爵——亞肯德！

亞肯德踢了踢地上呈扭打狀態的撲克臉和城皇，冷笑一聲：「嘿，怎麼連一隻狗都對付不了？」

「伊諾！」

亞肯德往身後喚了一聲。一個大塊頭竄了出來。他即是具有「後見」能力的伊諾！

伊諾使用蠻力，將撲克臉扯了出來，撲克臉神情驚愕，卻半點動彈不得！

亞肯德從撲克臉身上搜出一把鑰匙，隨即把撲克臉放開。

「能平衡一切的鞋子，現在是我的囊中物了！」

躺於地上的撲克臉眼神突出，憤怒不已，原來撲

克臉已將傳家鞋鎖在一個特製保險箱，這特製保險箱原本就是用來收藏能平衡一切的鞋子，堅固無比，但可惜他現在也只能眼睜睜地等着鞋子被取走。

亞肯德施施然往大門走去。突然間一個黑影閃過，亞肯德手中的鑰匙就這麼不翼而飛！

亞肯德錯愕回頭，發現那黑影竟是黑狗俊樂！

「你這狗兒，還給我鑰匙！」亞肯德氣得吹鬍子瞪眼。

黑狗俊樂指指城皇。

「你要我解除他的定身術？」

黑狗俊樂點頭。

「哼！休想！」

黑狗俊樂將鑰匙含進口裏，似要將其吞下。亞肯德急了，說：「好，我答應你！」

只見亞肯德取出一瓶藥水讓城皇聞了聞，城皇立即能動了，他一個閃電衝向亞肯德，作勢要撕咬亞肯德的頸部！

亞肯德驚得立即求饒：「別！你要我做什麼？」

城皇示意亞肯德解除其他狗兒，還有撲克臉的定身術。

亞肯德不敢動彈，生怕粉嫩的頸項一個不小心被咬出傷口。他無奈地眨眼答應。

城皇退了開去，緊盯一旁的伊諾，擔心他使陰招。

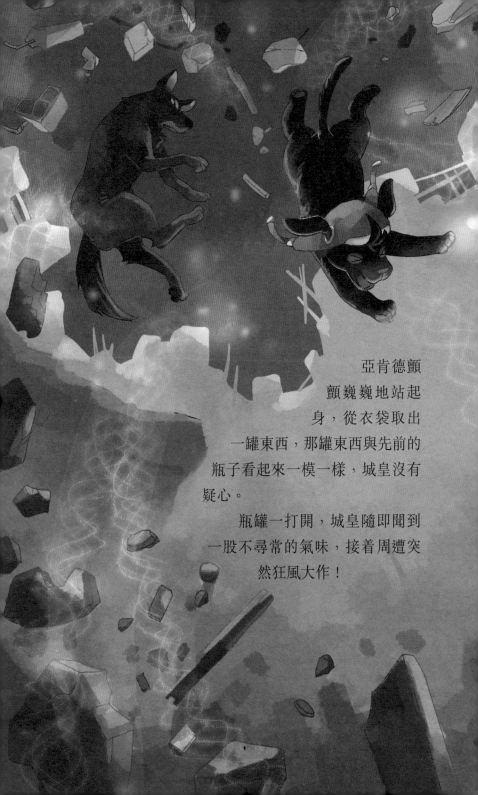

亞肯德顫顫巍巍地站起身，從衣袋取出一罐東西，那罐東西與先前的瓶子看起來一模一樣，城皇沒有疑心。

瓶罐一打開，城皇隨即聞到一股不尋常的氣味，接着周遭突然狂風大作！

亞肯德口中唸唸有詞，瓦礫亂飛，城皇來不及反應即被淹埋於瓦礫之下。

撲克臉及其他狗兒當然也無法逃過劫數，大夥兒都被掩埋於瓦礫中。

「哼！想跟我鬥？」亞肯德哼着氣，仰頭走出廢棄老屋。

伊諾趕緊尾隨主人而去。

15 拼盡全力

　　廢棄老屋一眨眼間，蕭瑟寂寥，一個影子都不見，只有些微塵煙還瀰漫於空中。

　　斷根殘垣後，有個身影露了出來。他，正是瘦小羸弱的黑狗俊樂。

　　方才在亞肯德打開瓶罐之際，他本能地感受到危險而閉氣，在狂風呼嘯時，迅速躲起來而逃過一劫。

　　黑狗俊樂着急地朝瓦礫堆嗅了嗅，嗅到瓦礫下有股溫熱的氣息！

　　「還有呼吸！」黑狗俊樂拚命地扒開瓦礫。

　　他知道城皇、撲克臉還有狗兒們應該還活着，四肢頓時變得孔武有力。

　　一隻狗兒被他扒出來了。雖然牠還無法動彈，但至少沒有生命危險。

　　黑狗俊樂趕緊繼續扒開瓦礫。一隻又一隻狗兒被他救出，但始終沒有見到城皇的影子。

　　黑狗俊樂邊挖開碎石邊祈禱，希望下一個救出的就是城皇。

　　他心中對城皇充滿愧疚。如果不是因為他，城皇

根本不可能會跟撲克臉搏鬥，更不會中了亞肯德的幻術！

黑狗俊樂拚命地挖，拚命地掘，想不到狗兒那麼多，他似乎怎麼都救不完。

黑狗俊樂之前被城皇撕咬的部位才剛長了一層薄膜，現在卻因過度用勁兒全部崩裂開來。

他掌上的肉墊也因挖掘而血跡斑斑，甚至糜爛，但黑狗俊樂顧不得這些。他一心只想救出城皇和撲克臉！

終於，他看到了城皇的黑褐毛髮！黑狗俊樂趕緊使勁兒扒開瓦礫！

城皇被救出來了，他雖然受了傷，但迅即投入拯救行動。

有了城皇的協助，很快的，埋於瓦礫下的狗兒和撲克臉相繼被救出來。

城皇此刻的眼神充滿感激，黑狗俊樂讀懂了城皇心中的話：「謝謝。」

城皇轉向被施於幻術的伙伴們，嗷叫幾聲，接着就和黑狗俊樂一塊兒竄出大門。

兩隻狗兒的身影迅速穿行於暗夜街道。黑狗俊樂知道他們必須趕在亞肯德取得鞋子前攔住他們。

黑狗俊樂忍痛奔跑，此刻他的身體似有千萬隻螞蟻啃咬，劇痛無比，但他一想到疼愛他的母親，身上

的痛楚就不再那麼痛。

他知道這是關鍵一刻，他絕不能錯過取得鞋子的機會！

他們在撲克臉的修鞋舖前見到亞肯德與伊諾的身影。

趁伊諾打開鞋舖之際，城皇攻擊了亞肯德，順利取得鑰匙。這回，亞肯德可沒那麼幸運了。

亞肯德剛才欺騙了城皇，憤怒的城皇在亞肯德的右手臂深深地咬下去，痛得亞肯德哇哇大叫。

城皇在嘴巴上加緊力道，逼迫亞肯德交出化解定身術的藥水。

亞肯德痛得快昏死，趕緊乖乖交出藥水。與此同時，為了證明解藥屬實，特意對伊諾施法，再以藥水解除法術。

城皇見目的已達，警告亞肯德快點離開，但亞肯德似乎不情願就此離去，緊緊盯着他們。

一旁的伊諾勸說道：「別又錯過時空縫隙關閉的時間，大公爵。」

亞肯德看了看表，摀着鮮血直流的手臂，急急跟着伊諾離去。臨走前，還不忘給黑狗俊樂一個惡狠狠的眼神。

黑狗俊樂終於得以鬆懈下來，但隨即如火燒般灼熱的痛覺侵襲而來。

他的體力早已透支，突然腿部一軟，就這麼倒了下去。

深夜，小希家裏有個房間還亮着燈。不一會兒，那間房的燈也熄滅了。

小希的母親徐堯從工作室走出來，經過小希房門時，輕輕地打開門。

女兒昨天被她父親摑了一巴。為此，徐堯少見地與丈夫吵了一頓。

徐堯知道丈夫一向不曉得如何表達對女兒的愛，而經過昨天，徐堯知道他們父女倆的嫌隙更大了。

徐堯擔心女兒會因此討厭父親，但她也不知道怎麼讓他們倆和解。看到女兒小希睡着了，徐堯眉頭舒展開來，稍稍放心地走回房去休息。

其實小希並沒有睡着。剛剛母親扭開門把的時候，她只是假裝睡着。

待母親離開後，小希又睜開了眼。她躺在牀上幾個小時了，一直輾轉反側無法入眠。

她失眠不是因為父親。她也並非原諒了父親，而是現在有讓她更需要擔憂的事。

昨天她和艾密斯團長在火車站等候了整日，就是沒看見俊樂的身影。

時空縫隙關閉前，艾密斯團長將小希平安送到家門，囑咐小希不要擔心，並約定明天繼續在火車站等

161

候。

小希想起艾密斯團長的話：「俊樂一定還在火車站附近。」

「又去火車站等？俊樂真的會在火車站出現？這根本是守株待兔。」小希嘀咕着，隱隱覺得不妥。

「如果在火車站附近，俊樂一定會回來找我呀！為什麼他今天沒有出現呢？」

小希陡然坐起來，自語道：「俊樂不會真的被胖子大公爵抓去了吧？」

一想到俊樂可能被抓走，一輩子都沒辦法變回人類，小希就心焦如焚。

她跟俊樂雖然不算非常要好的朋友，但俊樂變成狗的時候，第一個想到的是她，可見俊樂非常信任她。

她絕對不能無視這麼重視她的朋友！

「對了！」小希叫着，爬起身找出立體書。

她希望立體書中會有一些線索。

小希打開立體書的最後一頁。

之前，俊樂提過後面的頁面消失了，不過他們既然已經找到第一樣物品——恢復想像力的魔法帽，其他頁面會不會又顯現呢？

可惜映入小希眼簾的畫面，跟他們之前看的畫面一模一樣：艾密斯團長失落的神情，眾團員們離開馬

戲團的背影。

「唉！還以為可以從書裏找到線索。」小希失望地闔起書本。

她茫然地凝望窗外。她什麼也做不到，什麼也幫不到俊樂。

「我真是個沒用的朋友。都是我的錯，我應該搭的士回家。」小希責備着自己，兩手不意一滑，立體書掉了在地下。

小希趕忙彎腰把立體書撿起來。她從敞開的頁面，發現了端倪！

這一頁小希看過好幾遍，畫面中的每個細節她都記得很清楚。現在，原本調皮、四處逃竄的奈斯圖不見了，變成一隻口裏叼着鞋子的狗兒！

「這……這……」小希說不出話來，不過從這一頁圖畫，她知道俊樂找到能平衡一切的鞋子了！更重要的是——俊樂應該沒事！

「太好了！俊樂沒事！俊樂他一定沒事！」

小希抱着立體書，心情安定下來，甜甜地進入夢鄉。

隔天，小希將立體書交給艾密斯團長看時，艾密斯團長驚喜不已地說：「失物之靈可不能小覷，想不到俊樂已經找到第二樣物件！」

「嗯！」小希開心地點點頭。

艾密斯團長高興地拍拍小希的肩膀，說：「其實我今天來，是要告訴你，俊樂沒事。」

「為什麼你知道？難道你也知道立體書的圖畫更動了？」

「不。昨天夜裏，我聽到一個消息——亞肯德大公爵被俊樂打敗了！」

「什麼？怎麼可能？」小希覺得不可思議，俊樂什麼時候變得那麼英勇？

「真的。我們的世界很小，亞肯德這種大人物被咬傷的事，不可能瞞得住。」

「胖子大公爵被咬傷？難道真是俊樂咬的？」

「這一點我無法確定，不過八九不離十。這說明了，俊樂沒有被他抓走。大公爵受傷了，俊樂暫時應該不會有危險。」

小希難掩喜悅之情，歡呼起來。艾密斯團長看着興奮的小希，眼神卻閃過一絲隱憂。

「俊樂達成第二個任務了！變回人類，應該指日可待了吧？」

小希期待地看着艾密斯團長，艾密斯團長眼神遊移，含糊地答道：「快了，快了。不快也不行。」

「呵？什麼不快也不行？難道俊樂的母親有事？」小希擔憂地問。

艾密斯團長猶豫了一會兒，終於說：「既然俊

164

樂沒事，而且已經達成任務，我就把東西都交給你吧！」

艾密斯團長說着，從懷裏取出牛皮紙，不過這一次不是一卷，而是兩卷。

「為什麼有兩個？」

「時間緊迫。智慧長者桑納西絲交給我錦囊的時候，只說了一句『儘快完成』。」

「為什麼那麼突然？」小希焦急地問。

「我估計是亞肯德的晃心術會導致某些預想不到的事，要不然智慧長者不會如此心急。」

小希臉色沉重，萬一俊樂不能及時找到這兩樣物件，就得永遠過着狗兒的生活，還有他的母親……

小希不敢往下想。

她向艾密斯團長求助道：「艾密斯團長，你一定要幫俊樂！」

艾密斯團長面有難色，道：「那是一定的。只是……」

「只是什麼？」

「我……恐怕幫不到他。」

聽到艾密斯團長的回答，小希不禁感到氣憤。她一直對艾密斯團長感到同情，但現在她只覺得他是在利用俊樂。

「你太過分了！要俊樂代替你的兒子執行任務，

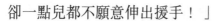

卻一點兒都不願意伸出援手！」

「不，我並不是不願伸出援手，而是我……我怕我心有餘而力不足。」艾密斯團長說着，臉色一陣青一陣白。

突然，他抓緊了胸口，腳步不穩，往後退了一步。

「艾密斯團長！」小希上前及時將艾密斯團長扶住，「你沒事吧？」

「最近我常覺得胸口很緊，有點痛，而且對以前的一些事情沒有了印象……」

「為什麼會這樣？」

艾密斯團長晃了晃頭，困惑地說：「我也不知道。大概……是離開馬戲團太久了。」

小希驚覺到艾密斯團長也是《艾密斯馬戲團》立體書中的人物。如果艾密斯馬戲團不在了，他們會不會因此消失，或者說——死掉呢？

小希看着艾密斯團長，卻不敢說出心裏的想法。

「別擔心，應該沒事。走吧，我們去火車站等俊樂。」艾密斯團長停頓一下，看進小希眼底，「我保證，一定會盡力幫助俊樂。」

小希點點頭。她應該相信艾密斯團長。

小希不喜歡懷疑他人。她個性一向單純，總是替別人找藉口，寧可自己吃虧也不佔人便宜。這大概是

遺傳自她天真爛漫、每天埋首於工作的母親吧？

小希和艾密斯團長來到火車站。

他們沒有抱太大期望，因為即使俊樂取得了第二樣物件，但他也許身在遠方，也不知道會不會回到火車站等候。

果不其然，他們又白等了一天。

艾密斯團長安慰小希，說俊樂一定會想辦法通知他的行蹤。

回到家，小希家裏電話立即響起。小希快快拿起電話問道：「喂，是俊樂嗎？」

電話那頭傳來一個男子清喉嚨的聲響，小希知道不是俊樂，心一沉，失望之情挂滿臉上。

「我是他的朋友。」電話裏頭的聲音說。

小希馬上又喜上眉梢地問：「俊樂他在哪裏？」

「放心。他很好，不過要多幾天才能送他回家。請問你的住址……」

小希回覆男子之後挂上電話。

她大大地呵了口氣，一直懸着的心終於得以放下。至少小希確定俊樂沒事，而且過幾天就會回來了。

她回到房裏，把艾密斯團長交給她的牛皮紙打開。第一張寫着：會笑的顏料。

小希傻眼，自問自答道：「顏料會笑？呵，顏料

怎麼可能會笑？」

小希打開第二張，上頭寫着：能恢復聲音的血液。

小希的手抖了一抖。

「血液？血液要怎麼拿？可以買到嗎？」

小希感到這兩個任務都很有難度。

她盼望着俊樂快點回來，那他們就能「儘快完成」任務。她並沒有忘記艾密斯團長的叮囑。

俊樂不在，小希回到俊樂變身前的平凡日子。她每天照樣上學、放學，回家做功課、唸書、上網。

母親一樣忙於工作，父親也如往常一樣嚴厲地對待她。經過俊樂常去的便利店時，她會想起俊樂買榴蓮沙冰的身影。

小希時不時會打開那本立體書，查看圖畫內容有沒有轉變，但一切都很正常。

艾密斯團長每天都來見小希，但他出現的時間越來越短。

小希感覺艾密斯團長的臉色一天比一天差，但她不知道自己可以做些什麼。

16 黃金凱麗 與會笑的顏料

　　一個星期過去了，俊樂還是沒有回來。小希等得有些不耐煩了，自怨自艾起來。

　　「為什麼我沒有問他的電話號碼呢？唉，我真笨！」

　　小希在電話附近徘徊，做功課也無法專心致志，就在她盯着電話看時，電話突然響了起來。

　　鈴聲只來得及響一聲，小希已拿起話筒，急急問道：「喂？俊樂嗎？」

　　電話那頭是沒聽過的女聲：「請問您是小希小姐嗎？」

　　小希感到錯愕，什麼人會稱呼她小希小姐？她趕緊說：「是，我是小希，請問您是？」

　　「您好，我們這裏是國家音樂廳的票務組，請問明晚的演奏會您要來這裏取票，還是我們快遞給您呢？」

　　「演奏會？明晚？」小希一時抓不着頭腦。

　　「是啊！是本地演奏家岳恒的小提琴獨奏會。您有兩張 VIP 招待券。」

「岳恒？小提琴？」小希重複着，腦海立即浮現街頭音樂家的模樣，趕忙道，「哦，原來是他的演奏會！」

「請問您要過來取票，或是我們寄給您？」

「哦，不用寄來，我自己去拿票就好。」

「那請您提早一小時過來取票，地點是……」

小希掛了電話，看着記錄下來的時間、地點，心中異常振奮。她好久沒這麼開心了！

「呵，俊樂，要是你在就好了。我可以帶你一塊兒去聽演奏會……」隨即小希又推翻自己的話，「啊，不行！俊樂現在是狗，不能進去音樂廳！那該怎麼辦？對了，他個子那麼小，裝在包裏就可以……」

小希兀自幻想着：要是俊樂還沒回來，就請艾密斯團長去吧！不過我相信俊樂一定會回來！

小希心中有了盤算，匆匆去向母親報備。

隔天，小希的盼望落空了，俊樂沒有回來。艾密斯團長又來去匆匆，小希只好獨自去聽岳恒的小提琴獨奏會。

小希到票務組取了票，由於演奏會還未開始，小希就到附近溜達溜達。

她第一次來聽演奏會，而且又是自個兒來，心情難免緊張。

　　小希走到臨近的咖啡廳，點了杯紅茶飲料，加些熱牛奶，安撫她緊繃的情緒。

　　小希喝了一口熱乎乎的紅茶牛奶，香甜茶味從齒間流經喉嚨，小希覺得好溫暖，好舒服，整個人都放鬆下來。

　　她邊啜茶邊看着往來的人們，覺得無比暢快。

　　小希見還有些時間，再去櫃枱點了份甜品果腹。演奏會時長一小時半，有了甜品打底，就不用擔心聽到一半肚子打鼓了。

　　準備付錢時，小希不期然被某個人撞及，差點兒打翻手中的碟子。

　　小希握好碟子站定，看向那沒禮貌的人。那是個打扮怪異的女子，身上披着不規則的披肩，裏頭是一襲縫縫補補，又是蕾絲又是釘珠的緊身裙。

　　她有着一頭波浪形、綠褐相間的蓬鬆髮，看起來約四十歲。

　　小希責怪地看了她一眼，誰知她滿不在乎地直接插隊，站到小希前方。

　　「這位阿姨，是我先來的。」小希盡量客氣地說。

　　「阿姨」瞄了瞄小希，不理會地繼續排隊。

　　小希沒辦法，只好自歎倒霉。

　　輪到「阿姨」付錢的時候，她居然帶少了錢，忙

説要退掉其中一瓶飲料。店員跟她說不能退，她馬上跟店員大聲理論起來。

「我都還沒喝，為什麼不能退？」

「對不起，已經輸入電腦了。」

「輸入了不能修改嗎？你們的經理是誰，我要問問他為什麼不能。」

小希見店員為難的樣子，過去說：「這瓶飲料多少錢？我給吧。」

「阿姨」瞪着小希，說：「為什麼你給？我又不認識你？」

「呃，那就當是我買的吧。」小希把錢遞給店員，店員收下了錢，趕緊把飲料遞給小希。

事情終於解決了。

小希自己的飲料還未喝完，只好先將那瓶飲料收起來。

「阿姨」這時走過來，說：「那瓶飲料還是給我吧。」

小希第一次遇見臉皮這麼厚的人，但她也不想拎着重重的背包進音樂廳，於是她把飲料讓給了「阿姨」。

就當日行一善吧。小希心想。

「阿姨」突然趨近小希，說：「放心。我不會白拿你的。」

小希在如此近距離看「阿姨」，才驚覺「阿姨」長得很吸引人。到底哪兒吸引人她又説不上來，只覺得對她生氣不起來，心情還很舒暢。

「阿姨」走了。小希快快喝完熱茶，走進音樂廳。

第一次踏進國家音樂廳，小希目不轉睛地欣賞着它的美。氣派、豪華又莊嚴的裝潢設計，令人身心洗滌、感受到一股寧靜的力量。

小希回過神來，發現演奏會快開場，趕緊尋找自己的位子。她的招待券是 VIP 二樓包廂位子，必須走上樓梯。

當掀開包廂簾子的時候，小希如劉姥姥進入大觀園般，嘩然不已。她簡直不相信自己有機會來到如電影中所見的華麗音樂廳場景。

她沒有坐下，而是站在包廂那半弧形的「陽台」，俯視音樂廳。從這兒往下看去，音樂廳的華美、瑰麗氣派盡收眼底。

小希看得收不回視線，這輩子有幸在這樣的地方欣賞音樂，她覺得真是——呵，她也説不上來，只覺得這一刻的自己太幸福了。

燈光暗下，演奏會開始後，小希才坐下來。

岳恒，也就是小希那天遇見的街頭音樂家從後台走了出來，穿上得體西服的他看起來意外帥氣呢！

岳恒拿起琴，悦耳的琴聲在音樂廳迴響。小希感動地聆聽岳恒用心拉奏的每一首樂曲。

一個半小時很快就過去了。演奏會結束前，岳恒朝她的包廂看來，小希如「粉絲」般興奮地用力揮手。

岳恒向她示意去找她。小希有點兒受寵若驚，乖乖地在包廂等候。

岳恒走進小希的包廂，開心地抱住小希，說：「謝謝你，小希。如果不是你，我根本沒有機會站上這個舞台。」

小希整張臉陡地紅了，呐呐地說：「不，是你自己的努力得來的。」

「以後每個星期六，我會在酒吧定點演奏。你來，我教你拉琴。」岳恒說。

小希欣喜地應承：「好，我一定到！」

這時，隔壁傳來一道聲音：「你竟然收徒弟啦？」

小希覺得這聲音很熟悉，循聲看去。原來隔壁包廂坐着剛才遇見的「阿姨」！

「阿姨」走過來小希的包廂，和岳恒抱了抱，他們看起來非常熟稔。

「你就是岳恒所說的小希小朋友？」女子問。

小希尷尬地點點頭。

　　岳恒攬着「阿姨」的腰，向小希介紹説：「這位奇怪的人，是我母親。」

　　小希驚訝得合不攏嘴。

　　「她很不羈吧？」

　　小希不敢給任何評語，尷尬地笑笑。

　　「我的不羈都是她遺傳給我的。唉！」岳恒感歎。

　　「不好嗎？如果不是這樣，你今天會站在這裏？」岳恒母親撥了撥那頭蓬蓬的波浪形鬈髮，撇撇嘴道。

　　「我站在這裏，是因為小希，不是因為你。」

　　「好，好。隨便吧。總之，現在是皆大歡喜。大家都找到自己喜歡做的事了！」

　　小希看着這位如此隨性、自由的「母親」，不知該替岳恒高興還是擔憂。

　　「其實，要不是小希，你今天已經看不到我了。我本來想跟隨卡蜜兒走的。」岳恒説，好像在説着稀鬆平常的事那樣。

　　岳恒母親這回驚訝地打量她自己的兒子，再看向小希，眼神多了熱度，看得小希不好意思地低下頭。

　　岳恒口裏的卡蜜兒應該就是他的妻子吧？小希記得他説過，他想在國家音樂廳演奏是為了完成妻子的

遺願。

「當年我也是差一點就隨你父親走了。你這個性，唉，怎麼十足我一樣？」岳恒母親歎口氣道。

岳恒攤攤手，無可無不可的樣子。

「我是因為有了你，才決定繼續留在這個世上。而你，是因為小希。呵呵，不過，要不是你，我也不會有現在的生活樂趣。」

「什麼生活樂趣？」小希好奇問道。

「這個呀！」岳恒母親指着自己的唇説。

小希不明所以地撓撓頭。

「別故弄玄虛了。」岳恒瞟了一眼母親，轉向小希，説，「她是一名奇怪的畫家，什麼都自己做，連顏料都堅持自己做。目前做顏料，就是她的生活樂趣了。」

「顏料？她自己做顏料？」小希身體震了震，重複道。

「是啊！她口紅的顏色，就是她註冊專利的『黃金凱麗』」。

岳恒母親笑瞇瞇地説：「黃金凱麗，是不是很迷人，很好聽？這顏色是屬於我的，只可以給我用喲！」

岳恒搖頭苦笑道：「離譜吧？要用她發明的顏色，必須跟她買，不然會被她告的。」

　　岳恒像在揶揄母親，實則卻是讚賞。

　　他繼續說：「不過還真有人買，據買的人說，黃金凱麗是非常有魅力的顏色，塗了它，看上去好像會笑，閃閃發光的，令人心情大好。」

　　「為什麼叫黃金凱麗？你的名字是凱麗？」小希語氣有些激動地問。

　　「聰明。以後別叫我阿姨，叫我凱麗，知道不？」

　　「呃，哦，可是，我……」小希支支吾吾地，最後呵口氣，大聲地說，「凱麗，請給我會笑的顏料！」

　　岳恒和凱麗意外地看着小希。

　　「請給我會笑的顏料。我是認真的。」小希重申自己的要求。

　　凱麗擊掌大笑，豪爽地說：「我正愁沒有東西給你呢。既然你是令我兒子活下來的關鍵人物，黃金凱麗嘛，任你使用！」

　　「不是我要用，是一名很需要黃金凱麗的人。」

　　凱麗眼珠子轉了轉，說：「給了你就是你的，你愛怎麼使用就怎麼使用，愛給誰就給誰。」

　　說着，凱麗從手提包內取出一枝黃金凱麗唇膏。

　　「這是限量版，全世界只有這一枝。」

小希接過黃金凱麗，激動地凝視着眼前珍貴的
「會笑的顏料」，雙目竟濕潤了。

17 「劫狗」行動

「什麼？你真的找到會笑的顏料了？」

「嗯。」小希謹慎地左右探視，再把黃金凱麗交給驚訝得合不攏嘴的艾密斯團長。

艾密斯團長看着眼前顏色瑰麗的「黃金凱麗」口紅，喜不自勝地說：「塗了它，我相信費羅一定能再次引人發笑！」

小希開心地點頭，道：「我最喜歡看費羅逗趣的表演了！」

今天，小希和艾密斯團長碰面地點是學校附近便利店旁的巷子。為了防止小希被亞肯德大公爵突襲，艾密斯團長每次出現，都會第一時間趕到小希家將小希接走。

艾密斯團長看着手中獨一無二的黃金凱麗，稱讚小希道：「你太棒了，小希！想不到在沒有俊樂這失物之靈的陪伴下，你竟然自個兒找到了第三樣物品！」

小希不好意思地低下頭，說：「其實我根本沒去找，是這特殊顏料自動出現在我面前的。」

「不，一切的發生都不是偶然。」艾密斯團長說，「你會遇見小提琴演奏家，並不是偶然。」

小希覺得很新奇，問道：「難道是上天預先安排我和岳恒在火車站相遇？」

「我不是這個意思。只是……」艾密斯團長斟酌了一下，說，「許多表面看起來不相關的人和事，卻與我們接下來遇見的人或事息息相關。」

小希歪着頭思考艾密斯團長的話。艾密斯團長常常說一些小希聽不明白、想不通，卻又好像很有道理的話。

「岳恒與我的相遇，看起來跟我們要尋找的東西毫無關係，但他是讓我遇見凱麗的關鍵人物……」小希整理了思緒說。

「對。沒有事情是突然發生的。一切都跟我們之前遇見的人和事有關。所以，你得到黃金凱麗這會笑的顏料，並非偶然。」

小希抓了抓頭，道：「我還是不明白。」

「呵呵，不明白沒關係。重要的是過程，對不對？」

這句話小希倒是聽明白了，說：「對呀！因為遇見岳恒，我糊裏糊塗地幫了他，還有機會學習我最喜歡的小提琴曲 "Czardas"！我還去了那麼漂亮、華麗的音樂廳聽了一場畢生難忘的演奏會！」

「這就是我們人生中意想不到的事。如果一切都只看結果，你肯定遇不到這麼有趣、特別的事了。」

小希思索着艾密斯團長的話，點點頭道：「我好像有點明白了。」

小希和艾密斯團長對視一眼，笑了起來。小希今天心情大好，除了因為找到黃金凱麗，艾密斯團長今天的氣色看起來比較好，也是小希開心的其中一個原因。

「現在，就只剩下最後的任務啦！」小希禁不住洋洋得意地說。

一提到最後的任務，艾密斯團長的臉頰抖了抖，但他很快就掩飾過去，展開笑容說：「是啊，相信俊樂在的話，你們可以更快完成……」

艾密斯團長話音未落，巷口有個疑似俊樂的黑色小狗走過。

小希和艾密斯團長趕緊追了出去。

來到巷口，那黑狗在便利店門口搖頭擺尾，盯着店內的榴蓮沙冰機。

他，正是小希日夜擔憂的俊樂！

「俊樂！」小希衝了過去，緊緊抱着黑狗俊樂，把他的頸項箍得過緊，黑狗俊樂嗚嗚叫以示抗議。

小希這才放開他，着急地說：「你去了哪裏？為什麼那麼久都不回來？」

黑狗俊樂嗚咽着，低下頭表示歉疚。

小希這才注意到他身畔有另一隻狗兒。

「他是……」

黑狗俊樂向另一隻狗兒嗚咽兩聲。

那隻狗兒將身上披着的布袋卸下來，向小希頷首。

「謝謝你護送我的朋友回來。」小希說。

那狗兒正是城皇，他注視着黑狗俊樂，似在跟他道別，隨即迅速離開。

小希看着他俐落的背影，問道：「他不是普通狗兒，對吧？」

黑狗俊樂點點頭。

「呵，我有好多話想跟你說呢！」

黑狗俊樂嗚嗚兩聲，表示他也一樣。

「俊樂，你好像經歷了不少事。」艾密斯團長也走過來說。

黑狗俊樂將地下的布袋咬給艾密斯團長。

艾密斯團長接過布袋，取出「能平衡一切的鞋子」。

小希好奇地過去「仰望」那神奇的鞋子。

「有了這個，艾密斯馬戲團的台柱蘇威爾一定有信心重拾走鋼絲表演。」艾密斯團長欣慰地摸摸黑狗俊樂的頭，道，「謝謝你找到了能平衡一切的鞋子。

有時間，你一定要詳細對我說說你的經歷。」

黑狗俊樂炯炯有神地望着艾密斯團長。

黑狗俊樂那烏黑毛髮柔順而發亮，體格較為健壯了，面容也堅毅剛強許多，彷彿跟之前判若兩「狗」。

小希和黑狗俊樂回到家，即滔滔不絕地說個不停。

小希述說她在火車站等不着他，巧遇街頭小提琴家岳恒的事，還有後來去酒吧與國家音樂廳主席周旋、在音樂廳遇見岳恒母親凱麗、最後找到第三樣物件——會笑的顏料「黃金凱麗」的奇遇。

黑狗俊樂則忙乎地在輸入他的經歷。

較之小希，黑狗俊樂的際遇更加離奇。他遇見了世人不知曉的人和事，比如會與人類溝通的狗兒城皇、能與狗兒溝通的撲克臉，還有一雙具有神奇力量、能平衡一切的鞋子。

「那個撲克臉最後怎麼那麼好，把他們的傳家寶送給你？」小希好奇問道。

黑狗俊樂輸入道：「他當然不肯給我。其實我那時候已經放棄了取得鞋子的希望。我不能對救命恩人做出不道義的事，這是我在城皇身上學到的。」

黑狗俊樂在平板電腦上一字一句地寫着。他憶起了廢棄老屋發生的事……

那天，城皇和他從胖子大公爵手中奪回了鞋子後，他也因為體力透支而暈過去。

城皇將他帶回廢棄老屋，給他敷藥，並餵他喝下某種特殊的「黑人參汁」。這種黑人參在世界上非常稀有，而且藏於地底深處。要不是當年撲克臉的祖先製作鞋子時不意找到，大概也不會出現在人間。

這黑人參一直被城皇帶在身邊，是撲克臉的祖先餵養城皇的東西。想來城皇如此長壽，並具有與人類溝通的神奇力量，也是從這特殊植物而來。

城皇從不輕易取出黑人參，只有非常時期才會取出少許讓伙伴們食用。

當時黑狗俊樂奄奄一息，城皇為了救他，破例讓他服用。因此黑狗俊樂很快就恢復了體能，傷口也迅速痊癒。但黑狗俊樂並不知道城皇的打算。

就在黑狗俊樂在廢棄老屋休養了五天後，他示意黑狗俊樂：「你必須留下來，繼承我的位子。」

黑狗俊樂當然不樂意。即使他恢復不了人身，他也必須救他的母親！他絕不能留在老屋繼承城皇的位子。

黑狗俊樂趕緊謝過城皇準備離開，但狗兒們立即圍了過來。

「不是我不讓你走，是他們選擇了你當領袖。」

黑狗俊樂讀懂了城皇的話。他望向身邊整百隻流

浪狗兒。他看見牠們眼底的信任與依賴，心底滿滿的感動。

流浪狗兒們通常喜歡特立獨行，不輕易認同領袖，除非是令牠們打從心底折服的狗兒。

「只要你誠心與牠們溝通，牠們會理解你。」城皇對他示意。

黑狗俊樂對着狗羣嗷叫一聲。狗兒們似乎理解到黑狗俊樂的意願，紛紛退去兩旁讓出一條路來。

城皇意味深遠地望了黑狗俊樂一眼，即走回自己的「皇位」。

黑狗俊樂走了不遠，想起城皇的神色，覺得不妥，又折回去。他在老屋門邊窺探裏頭的動靜。只見狗兒們圍聚於城皇四周，城皇站於凸起的皇位，俯視大家，説着狗語。

黑狗俊樂聽不懂城皇在説什麼，但他確知城皇在對牠們述説一件重要的事。這件事可能關乎他們的生存，因為城皇看起來有些躁動，若不是事態嚴重，他必定不會有此舉動。

城皇宣布完畢，幾隻體型健壯的狗兒朝門外走來，黑狗俊樂趕忙隱藏起自己。

幾隻看門的狗兒嚴守着崗位，一步都不敢離開。黑狗俊樂也不敢鬆懈，靜靜地緊盯廢棄老屋的動靜。他預感有事將要發生。

夜裏，他忍不住打盹了，但他耳朵的靈敏度仍是高於其他狗兒的。在看門的狗兒還未察覺時，他已聽見遠方的卡車聲。

他循聲尋去，見到幾名穿着防護衣的白衣人員舉着棍子和網兜走下卡車，往老屋走去。

「是抓狗大隊！」

黑狗俊樂焦急不已，但他知道他必須冷靜下來，要不然廢棄老屋的狗兒們的命運堪虞。

他突然想到個辦法。他走到抓狗大隊不遠處朝天嗷叫。

老屋的看門狗兒立即警覺到危險，趕緊叫屋裏的狗兒做好準備，牠們必須與抓狗大隊來一場硬戰。

抓狗大隊分頭行事，其中一部分的人往黑狗俊樂追來。黑狗俊樂朝舊城區奔去，他知道那兒街道規劃凌亂，較有機會逃過抓狗大隊的追捕。

可惜黑狗俊樂畢竟不熟悉舊城區的道路，他不小心落入抓狗大隊人員的圈套，被他們前後包抄。

黑狗俊樂朝他們齜牙咧嘴，但他們見慣惡狗，當然沒有把黑狗俊樂這樣的小狗兒放在眼裏。

抓狗大隊人員逼近了，黑狗俊樂尋找着縫隙逃跑，但於此狹窄的過道反而限制了他逃脫的機會。

就在他們把網兜撒過來的時候，黑狗俊樂無處閃避，只好趴下來等着被捕抓。

撒下來的網兜並沒有觸及他，而是被掃向了空中！

是撲克臉！撲克臉向黑狗俊樂使了個眼色，黑狗俊樂趕緊躍起撲向其中一名抓狗人員！那人往後跌了個四腳朝天，黑狗俊樂即趁機越過他逃逸而去。

黑狗俊樂逃回廢棄老屋，撲克臉也尾隨其後，兩人抵達廢棄老屋時，抓狗大隊已經班師回朝。黑狗俊樂走在斑斑駁駁沾了血跡的打鬥現場，心情非常沉重。

沒有被抓走的流浪狗兒看着他，再看看城皇。城皇傷得不輕，但他仍勉力站着。

或許是天性使然，黑狗俊樂朝天發出長長的嗷叫，其他狗兒們也跟着一齊嗷叫，氣勢雄壯恢弘卻透着哀傷。這是狗兒們悲戚傷感的歌聲。

城皇向黑狗俊樂走來，黑狗俊樂向他致歉。

撲克臉走過來，説：「這裏之前也被抓狗大隊掃盪過。這一回我們不能讓那些同伴在流浪狗收容所坐以待斃。」

原來舊城區的流浪狗收容所美其名是收容所，實際卻是流浪狗屠宰所，狗兒們被收容不久即被送去人道毀滅。

黑狗俊樂看向撲克臉和城皇，他們倆已決意去營救伙伴們。

城皇看進黑狗俊樂眼裏，對他示意：「希望你能助我一臂之力。」

黑狗俊樂想到被抓走的狗兒們即將面對的悲慘命運，義不容辭地答應城皇。

「要營救他們，必須快、狠、準，讓他們措手不及。因此，最好的時機，是今天天亮之前！」撲克臉說。

城皇與撲克臉開始部署計劃，黑狗俊樂則幫助受傷的狗兒敷藥。

計劃一部署好，城皇、撲克臉、黑狗俊樂及幾隻體格健壯，或受輕傷的狗兒即刻出發營救伙伴。

他們來到流浪狗收容所，裏頭的狗兒喧鬧不停。大概是因為來了許多新狗兒，舊的狗兒被新狗兒帶動得鼓譟起來。

這樣的凌亂形勢，最適宜突擊營救。城皇對黑狗俊樂示意，絕不能輕舉妄動，必須聽他的指示。

城皇在流浪所門外發出一聲嗷叫。裏頭的狗兒接到了城皇的旨意，必須故意引起打鬥爭執。

所內管理人員為了平息眾狗兒，通常會朝狗兒噴水或打鈴威嚇牠們，但當一切辦法都無效時，管理員會打開門縫讓狗兒們分心以為有機可逃，而最後的辦法則是完全不理會狗兒騷亂，直接逃出收容所。

結果正如城皇預期的一樣，狗兒的打鬥越演越

烈，管理員無計可施又怕被波及下，有幾個管理員打開了收容所的門，逃出來了。

就是這一刻！城皇下達命令，黑狗俊樂和其他守在門外的狗兒一湧而入！

城皇看準了抓着鑰匙的管理員，奪下鑰匙，將鑰匙丟向撲克臉。

撲克臉趕忙以鑰匙開啟流浪狗們的牢籠，將被困住的狗兒都釋放出來。

城皇則與黑狗俊樂帶領其他狗兒分頭對付幾名兇悍的管理員，不讓他們用非常手段，比如槍枝傷害狗兒。

不到一刻鐘，所有的狗兒都逃竄出去，並在城皇屬下狗兒們的指揮下，安全回到了廢棄老屋。

經過這一次「劫狗」行動，流浪狗收容所一定士氣大減、疲憊不堪，他們需要一段時間整修收容所內毀壞的設備。

因此，城皇他們還有些時間可以進行下一步的行動。

回到廢棄老屋並非結束，他們必須另覓居所。城皇讓大夥兒先分散開來，等他找到合適居所再給予指示一起搬遷。

經過這一役，黑狗俊樂學到了合作的重要。狗兒的聰慧、勇敢、互助互惠更是讓他刮目相看。撲克臉

喜見黑狗俊樂的成長。他在城皇的曉以大義下，決定將祖傳珍寶——「能平衡一切的鞋子」交給他。

「城皇說得對。我已經不需要它了。所有的一切，祖父和父親都已經教我了。這雙鞋被你發現，相信是上天的旨意。」撲克臉將鞋子遞到黑狗俊樂跟前，說，「他是屬你的了。」

黑狗俊樂無以回報，只能朝天嗷叫表達感激之情。

他最感謝的，是城皇的理解與教誨。在城皇的帶領和指引下，黑狗俊樂回到他最想念的城區，並來到平時最常去的便利店，而後就撞見了小希和艾密斯團長。

一切就是這麼戲劇化，如動物冒險小說情節，但驚險程度非身歷其境決計無法體會。

黑狗俊樂大致交代了過去一個星期所發生的事，並輸入道：「我以後有能力，會每個星期送食物過去給牠們。」

小希看着黑狗俊樂，感歎道：「想不到才一個星期，你就變了這麼多。俊樂，你長大了！」

黑狗俊樂也覺得不可思議，寫道：「你也有收穫呀！有那麼好的老師教你拉提琴，學會以後一定要拉給我聽喲！」

「呵呵，學會再說，不過……」小希頓了一頓，

説，「我跟爸爸拌了嘴。」

「為什麼？」

小希説出當天遲歸而被父親掌摑的事。此刻想起，她還能感受到臉頰的火辣疼痛感。

「我知道不應該跟他拌嘴，但是我就是很氣他每次不聽我解釋，就隨便打人罵人。哼！」

黑狗俊樂輸入道：「對不起。因為我，你被父親打了。」

「不。你也不想的，而且我也有錯。我讓爸爸媽媽擔心了。爸爸會打我，應該是因為太過緊張。」

「你真體貼。」黑狗俊樂寫道。

「不。我還是很氣他。不是因為我被他打，而是因為爸爸讓媽媽傷心了。」

「他們現在還好嗎？」

「嗯。」小希點頭，然後又不置可否地，「其實我也不知道。」

小希和黑狗俊樂對看一眼，突然不知誰的肚子打了個響鼓，他們會心地笑了笑，開心地「醫肚子」去。

18 恢復聲音的血液

　　黑狗俊樂在舒服的軟墊中好好地睡了一覺。天剛剛亮，他就醒了。

　　在廢棄老屋中，城皇總是第一個醒來，而又最後一個睡去。

　　黑狗俊樂對城皇欽佩不已，他體內某些「犬系」本能被喚醒過來。黑狗俊樂覺得自己似乎很有當狗的天分，無論是嗅覺、聽覺，都比其他狗兒靈敏。當然這也不排除是「失物之靈」的天賦，而不是人類俊樂所擁有的天才。

　　他無法忘懷眾狗兒期望他成為領袖的感動及優越感。原來一向做任何事都不那麼勤快、學習吊車尾的他，也有優越的一面。

　　他心中升起一股前所未有的熱忱，一股想要學習任何事物的熱忱！

　　活力滿滿的黑狗俊樂爬了起來，過去喚醒小希。小希張着惺忪的眼，問：「今天不是星期天嗎？」

　　「今天雖然不用上學，不過我們得去執行下一個任務了。」黑狗俊樂將牛皮紙遞到小希跟前。

小希擦了擦眼睛，莞爾而笑：「天都還沒亮呢！到底你是不是俊樂呀？」

小希過來扯黑狗俊樂的臉，黑狗俊樂「汪」了一聲用力甩頭，甩得一屋子毛，小希慌忙清理。

七點未到，他們就出門了。暗橘色的晨曦中，他們漫無目的地走着。

「能恢復聲音的血液，聽起來是不是很恐怖？」小希想起以前看過的恐怖小説篇章情節，道，「比如吸血鬼張着雪白尖利的牙，朝他的頸項咬下去！或者鈴聲響了十二下，他們必須要交出聖潔之血，奉上給魔鬼……」

「你看太多恐怖片了。」黑狗俊樂在平板電腦上敲擊。

「可能吧。我有點怕這次的任務。」小希忐忑地説。

「別擔心，有我這失物之靈！」黑狗俊樂輸入道。

「可是到底什麼血能恢復聲音？我從來沒聽説呢！」小希問。

黑狗俊樂晃晃頭。

「唉！那要從何找起？」

黑狗俊樂看到興致缺缺的小希，跑在前頭領着她。

小希無奈地追向黑狗俊樂。小希追着黑狗俊樂跑了很久，忍不住喚道：「我真的跑不動了！」

小希停下來喘口氣，她體能一向不太好，更何況現在的黑狗俊樂可是隻年輕力壯、精力過剩的毛孩。

黑狗俊樂並沒有停下來，他朝氣十足，渾身充滿了用不完的能量。

小希懶得喚他，繼續在原地喘氣休息。

「狗兒是這樣的。」

這時，小希身旁有個聲音響起。小希看向他。那是個穿着運動服的年輕男子，看起來大約二十來歲。見是陌生男子，小希緩一口氣，靜靜的不敢搭話。

「我曾經養過一隻非常調皮的『過動狗兒』，偏偏牠個頭又大，本來是我遛狗，後來變狗遛人。」

小希覺得這人說話真有趣，於是放下了戒心。

她發現男子的膚色很白，而且白裏透紅，比女孩兒的皮膚還好，不禁多看他兩眼。

「不過多運動是好的，狗兒最怕不動……」

男子未說完，黑狗俊樂突然從遠處急衝過來，惡狠狠地撞倒了男子。

男子應聲往後倒去，幸好他身手靈活，及時往側一翻，用手肘擋護住自己，沒有撞及頭部，但手肘和臂膀還是擦傷了，皮膚沁出血液。

小希嚇呆了，怒責黑狗俊樂：「你怎麼可以傷人呢？」

黑狗俊樂「嗚嗚」兩聲，似乎很愧疚。

「怎麼辦？得趕緊叫救護車！」

男子艱難地坐起來，碰碰小希的手臂，說：「我腰包裏有藥，拿給我。」

小希趕忙打開男子的腰包，看到一瓶東西，趕緊遞給男子。男子打開蓋子，一口服下，然後熟練地從腰包拿出一條繃帶，把傷口用力纏着。

血，還是從繃帶滲出，而且越流越多，看得小希心驚肉跳，趕緊勸他：「你還是去醫院吧！血停不了。」

「沒關係，我習慣了。」男子說。

小希覺得頗訝異，問道：「習慣？你常常受傷嗎？」

「我不是這個意思。」男子看向小希，似乎有難言之隱。

「血一直這樣流，你會不會……」

小希沒問出她的疑問「你會不會死」。男子看透她的心思，笑了笑，說：「放心，我不會死。」

小希臉頰通紅，她看着不斷沁出紅色液體的手肘，突然聯想到他們的任務——能恢復聲音的血液！

小希鼓起勇氣說：「你的血是不是有什麼特別的地方？比如能治病？」

男子露出驚異的神情，身子往後一挪，問道：「你……為什麼這麼問？」

小希看了看俊樂，説：「我有位朋友非常需要找到一種血液。」

　　「什麼樣的血液？」

　　「一種……」小希抿了抿嘴，道，「能恢復聲音的血液。」

　　小希和黑狗俊樂緊張地等候男子的回覆。

　　男子看着從繃帶滴落到地下的血，喃喃地説：「這種酸酸的血，真的有用？」

　　「你説什麼？你的血是酸的？」

　　「呵。其實，我的血跟其他人不同。我的血中含有某種世上稀有的微量元素。這微量元素導致我血液中的凝血因子不足，受傷後極易血流不止。」男子頓了頓，觀察一下小希的神情，繼續説，「最重要的，這微量元素太多了，會對我不利。我必須常常放血。」

　　「放……血？」小希第一次聽到這恐怖的詞，怕是自己聽錯了。

　　「是的。放血。這特殊的微量元素致使我的血呈現酸性。如果不放掉一些，我會全身乾枯、疲勞而死。」

　　小希和黑狗俊樂第一回聽到這樣的事，覺得不可思議。

　　「我不知道這種血能不能恢復聲音，不過，中

醫學上的確有酸性食物能收斂生津、恢復亮嗓的説法。」

黑狗俊樂過去撓了撓小希，小希轉過身去讓黑狗俊樂在平板電腦上寫話。

「他就是關鍵人物。剛才我看到他跟你在一起的時候，突然有股衝動，不自覺就撞向他。」

「原來你不是故意撞倒他，對不起，我怪錯你了。」小希説。

「不，就算他的血是我們要找的血，我也不應該用這樣的方式傷害他。我很對不起他。」黑狗俊樂輸入着，頭低了下來。

小希安撫了下黑狗俊樂，回頭對男子説：「你的血的確就是我朋友需要的血液，可是⋯⋯」

小希開不了口。向人家要血液，是多麼奇怪的事啊！

「你別不好意思。其實今天就算我沒有被撞傷流血，我回家後還是需要自己放血。就當是你們幫我放一次血吧！」男子爽朗地説，接着就把原本裝藥的袋子空了出來，遞給小希，道，「快趁我的血還未凝結，盛下我的血。」

小希猶豫着，不敢動手。

「快！我的血本來就是白白流掉，現在知道它能幫到人，我可高興了！」

小希剛將袋子伸到男子的手臂前，卻又膽怯地縮了回去。

「別怕。幫助人有時需要付出代價。我願意付出代價，相信你不會辜負我的一番心意，對嗎？」

男子都這麼說了，小希覺得如果她再推辭，真的就辜負男子的好意，讓他的血白流了。

小希戰戰兢兢地將袋子移到男子的手肘處盛着血。看着紅紅的血液一滴一滴地落入袋中，小希始終無法消除心頭的罪惡感。

血液終於裝滿了一袋。這時男子手肘的血流速度慢了許多。

「你們該走了。這血再過不久就會凝結。」

小希和黑狗俊樂對男子深深地鞠躬致謝，就趕緊跑回家去。

小希邊跑邊想起艾密斯團長說過的話：「我心愛的妻子失去了世界上最美麗的嗓音，大家都無法再聆聽她那動聽美妙的歌聲。」

「艾密斯團長，你一定要快點出現，要不然這袋血就會凝固，來不及拿給你的妻子蕾娜喝了！」

小希和黑狗俊樂跑到家門前，正好碰見準備出門工作的父親。小希慌忙緩下腳步，慢慢走到門口。

父親開了門，瞥了眼小希，兩人視線沒有對上，小希匆匆喚了聲「爸」就別過頭去。

父親開了車門，臨走前吩咐小希：「別到處跑了，在家待着。」

小希回應道：「我沒有到處跑。」

父親聽了小希的回答很不滿意，似乎就要發火，但他隱忍下來了。

氣氛有些膠着，小希趕緊低下頭來撫摸黑狗俊樂的頭，對他說話。

父親皺了皺眉，瞪一眼小希即匆匆上車離去。

待車子駛遠，小希方抬起頭來。

黑狗俊樂輸入道：「你為什麼要頂嘴？」

「我沒有頂嘴呀！」

「沒有？」

小希呵口氣，不服氣地說：「我就是故意嗆聲。誰叫他那麼霸道，什麼在家待着，呵！現在是要禁足嗎？」

「你爸爸應該不是這個意思。」黑狗俊樂寫道。

「不是這意思，是什麼意思？他就是不讓我出去！」小希憤懣地說。她最近對父親真的很看不順眼，她知道父親也看她不順眼，一見到她總愛挑剔她的不是。

「你們之間真的要好好溝通一下。家人之間，有什麼不能好好說呢？」

「別說我，你呢？你有好好跟你家人溝通嗎？」

小希説了之後才發現自己失言了，趕緊道歉，「對不起，俊樂，我不應該這麼説。」

黑狗俊樂擺擺頭，寫道：「不。你講得對，我從來沒有好好跟媽咪溝通。一直以來我都很任性，根本沒有考慮過媽咪的感受。如果有機會，我一定會跟媽咪道歉，好好跟她溝通。」

黑狗俊樂寫完，心情非常落寞。他不確定自己還有沒有機會見到母親。

小希不知道怎麼安慰黑狗俊樂，但她知道現階段只能儘快完成艾密斯團長的任務，才能幫到俊樂。

小希趕緊探視四周，對黑狗俊樂説：「艾密斯團長應該快來了！我們已經完成最後的任務，把這袋能恢復聲音的血液交給艾密斯團長，讓他的妻子喝下，你就能回復以前的樣子，救回你媽咪了！」

黑狗俊樂聽小希這麼説，果真打起精神來，滿心期待艾密斯團長的出現。

他們倆在門口站了一刻鐘，艾密斯團長還是沒有出現。

小希不時查看袋中的血液有沒有凝結，着急不已。

突然，黑狗俊樂叫了一聲。小希往黑狗俊樂的視線看去，隔壁圍牆上的爬牆虎*有些部分陡然變色，忽明忽暗，接着變色的地方開始慢慢旋轉。

*爬牆虎：一種攀援的植物，通常生長在牆壁岩石上。

「是時空縫隙！」

小希和黑狗俊樂趕緊跑過去，不意有個人從時空縫隙掉了出來！

那人跌坐地上，爬不起來了。原來是艾密斯團長！

「艾密斯團長，你沒事吧？」

艾密斯團長在小希攙扶下爬起來，盯着小希和黑狗俊樂，似乎感到很困惑。

「你怎麼會從那裏『掉』出來？」小希指着時空縫隙問道。

艾密斯團長想了想，説：「我不知道。這是哪裏？你們又是誰？」

小希和黑狗俊樂驚訝不已，張大了嘴望着一臉呆愣的艾密斯團長。

19 母子連心

　　小希和黑狗俊樂萬萬想不到，就在他們完成最後一項任務，期待着黑狗俊樂終於能恢復人身，解救他母親的當口，最關鍵的人物艾密斯團長竟然失憶！

　　小希和黑狗俊樂面面相覷。

　　半晌，小希正想向艾密斯團長解釋時，時空縫隙又出現了暗影！

　　黑狗俊樂警覺地拉扯小希的裙角，示意她快逃。小希知道很可能是胖子大公爵追來，於是不由分說地拉着艾密斯團長跑進屋裏。

　　為了避免讓胖子大公爵發現，小希帶他們穿過母親徐堯的工作室，從另一個出口逃出去。

　　徐堯當時正埋首工作，根本沒發現他們。艾密斯團長見到徐堯，禮貌地對她行了個禮，接着就被小希匆匆拉走。

　　待小希他們走出後門，徐堯才後知後覺地抬起頭，問：「他是誰？」

　　小希和黑狗俊樂帶着艾密斯團長穿過大街小巷，想找個地方躲起來，但小希想起胖子大公爵有個「後

見」的僕人伊諾，根本沒辦法隱藏行蹤。

「唯有盡力跑，能跑多遠就跑多遠。」小希想。

艾密斯團長說過，胖子大公爵一般只出現半小時，就會急着回去。

小希打定主意，對艾密斯團長說：「艾密斯團長，你一定要緊緊跟着我們。」

艾密斯團長雖然不明就裏，但也聽話地跟從小希的意思。

兩人一狗跑着跑着，竟然跑到了舊城區。

這時候，時間已過去大半個小時。

「胖子大公爵應該回去了吧？」小希詢問艾密斯團長。

艾密斯團長一臉傻氣地問：「誰是胖子大公爵？」

「就是你們世界的大公爵亞⋯⋯亞肯⋯⋯」小希支吾着，叫不出胖子大公爵的名字。

「哦，是亞肯德！亞肯德為什麼要追我們？」

小希覺得大費唇舌跟艾密斯團長解釋也沒用，現在最重要的，是把開始凝結的血液帶給艾密斯團長的妻子蕾娜。

「艾密斯團長，你現在必須把這袋血液交給你的妻子蕾娜。你應該知道其他時空縫隙入口，是嗎？」小希問道。

艾密斯團長困惑地說：「我是知道還有個時空縫隙入口在附近，但是，為什麼要交這袋血液給我妻子？」

小希呵口氣，正要說明，亞肯德突然冒出來擋住他們的去路。

「嘿，亞肯德！你為什麼要追我們？」艾密斯團長傻乎乎地問胖子大公爵。

亞肯德愣了一愣，接着意會過來，哈哈大笑道：「哈哈哈，終於來到這一天了！」

「什麼意思？」艾密斯團長抓抓頭，不明所以。

「你一定不知道，我施行的晃心術這麼厲害吧？」

艾密斯團長還是抓不着頭腦。

亞肯德覺得無趣，轉向小希及黑狗俊樂道：「你們休想破解我的晃心術！現在艾密斯失憶，即使你們找到能恢復聲音的血液也沒用了，哈哈哈！」

「不，我一定會讓艾密斯團長帶回去給他妻子！」小希說着，將手上的血液拋向艾密斯團長，艾密斯團長莫名其妙地接住，再看看瞪着他的亞肯德，不知該怎麼做。

「艾密斯團長，快回去你的世界給你妻子喝下！」小希嚷道。

艾密斯團長狐疑地想了想，說：「為什麼要給蕾

娜喝？她不喜歡喝血，她又不是吸血鬼。」

看到艾密斯團長傻愣的模樣，小希急得直跺腳。

亞肯德得意地捋了捋翹起的小鬍子，説：「我不是説了嗎？艾密斯根本不記得為什麼要交給他的妻子。」

説時遲那時快，一個人穿過店舖間的通道，搶過那袋快凝結的血液，一咕嚕吞了下去。

「蕾娜？」艾密斯團長喚道。

小希看向那面容姣好，氣質溫婉的女子，原來她就是艾密斯團長的妻子蕾娜。

「太好了！蕾娜你來得真及時！」小希高興地説。

「為什麼你知道時空縫隙？你不是離開馬戲團了嗎？」亞肯德問道。

蕾娜清了清喉嚨，試着發音，一道扣人心弦的嗓音迴響在天地間。

小希和黑狗俊樂都讚歎不已，慶幸自己有機會聆聽如此動聽的天籟之音。

蕾娜用她那如夜鶯般美麗的聲音，對亞肯德説：「你忘了嗎？我是一名歌唱家的同時，也是一位母親。所謂母子連心，我聽見奈斯圖的呼喚。他有着父親的優良遺傳，能窺見時空縫隙開閉的地點和時間。」

亞肯德氣得直跳腳，大呼：「就算你恢復聲音也沒用！你丈夫已經忘了要重振馬戲團！一個少了團長的馬戲團，要如何運作？哈哈哈哈！」

蕾娜淡然而優雅地回應：「敬愛的亞肯德大公爵，您又忘了我的歌聲如何感動您了嗎？我一定也能透過我的歌聲感動艾密斯，讓他想起一切。」

亞肯德着急了，他的確害怕蕾娜會讓艾密斯想起一切。於是他朝伊諾喊道：「抓住他！」

伊諾撲身過來，健壯的他將艾密斯團長一把抱起，朝後方奔去。

黑狗俊樂第一時間追了過去。他的腳程已經不可同日而語，很快地就追上了伊諾，把他攔住。

黑狗俊樂朝伊諾叫了幾聲，伊諾冷笑道：「就憑你這小個頭，還想攔住我？」

伊諾一腳踹過去，黑狗俊樂機靈閃開。

伊諾覺得艾密斯團長累贅，乾脆將他放下來，朝黑狗俊樂奮力踹去，但黑狗俊樂總是能迅速躲開伊諾的攻擊。

對比於大塊頭的伊諾，黑狗俊樂簡直是身輕如燕，動作奇快無比。

伊諾始終踹不到黑狗俊樂，不一會兒就氣喘吁吁。

此時亞肯德追來，他胖乎乎的身體沁滿了汗水。

他停下來甩甩汗，而後馬上唸唸有詞。

緊接着，奇異的事發生了！黑狗俊樂竟然騰空升起！

黑狗俊樂緊張地揮舞四肢，可是他被亞肯德施了法術，身體繼續緩緩升空，小希和蕾娜、艾密斯團長都夠不着他，只能在一旁乾着急。

這時，黑狗俊樂急中生智地朝天嗷叫一聲。

四面八方很快地傳來騷亂聲，頃刻間大家被一羣狗兒包圍着。

就在黑狗俊樂直直往下墜落之際，狗兒們鋪墊成「護墊」，成功將黑狗俊樂接住。

「嘿！是你們自找的！」亞肯德氣極，從懷中取出一罐東西。

黑狗俊樂想起亞肯德在廢棄老屋讓全部狗兒被埋於瓦礫的悲慘情景，趕緊躍起來撲向亞肯德，可惜亞肯德避開了他的攻擊。

亞肯德冷笑一聲，打開了瓶蓋，準備重施故技。

唯不知何故，狗兒們在風沙中非但沒有倒下，還迅速向他逼近！

「為什麼失效了？為什麼？為什麼？」亞肯德着急地質問僕人伊諾。

伊諾支支吾吾地説了些話，最後有一句是：「可能您待在人類的世界太久，令法術失效……」

狗兒們已來到亞肯德跟前，亞肯德戰慄得兩腿發抖，大叫着想衝出狗羣，但他手無縛雞之力，只能任狗兒們「宰割」。

　　伊諾想要營救主人，但一直殺不進重圍。

　　這時，一隻狗兒發出一聲號令，羣狗停止了攻擊。

　　那狗兒，正是城皇。

　　亞肯德渾身是血，搖搖晃晃地爬起來，感激地瞄了城皇一眼，踉蹌逃竄而去。伊諾忙不迭地追向主人。

　　黑狗俊樂看着城皇和狗羣，頭幾乎碰着地，向狗兒伙伴們致謝。

20 回到最初的地方

城皇帶着狗羣離開了。

黑狗俊樂看看自己，為何他還是一隻狗？為何他沒有變回人類？

黑狗俊樂對小希嗚嗚嗚叫，小希給他平板電腦寫話。

「為什麼完成任務了，我還是狗？」

小希撓撓頭，看向艾密斯團長，但艾密斯團長也撓撓頭，不明所以地看向妻子蕾娜。

蕾娜說：「剛才亞肯德不是說，一個馬戲團沒有團長，就不能運作了嗎？我猜測，要讓他變回人類，必定要讓艾密斯記起一切。」

「為什麼一定要艾密斯團長記起一切？難道說，破解胖子大公爵晃心術的關鍵，是艾密斯團長？」

蕾娜點點頭。

艾密斯團長一頭霧水地指着自己，說：「我是關鍵？為什麼？」

小希不理會艾密斯團長，依舊拜托道：「艾密斯團長，你一定要想起來！」

「我什麼都想不起來！」艾密斯團長懊惱極了，手捂着頭。

正當大夥兒一籌莫展的時候，黑狗俊樂腦海突然浮現一連串的影像：裊裊炊煙的羣山，羣山中出現一座搖搖欲墜的吊橋，吊橋底下是滾滾河水，水勢非常洶湧。

黑狗俊樂還依稀聽見激流拍打石頭的聲音。

影像消去前，一個很像艾密斯團長的人走向了吊橋。

黑狗俊樂趕緊在輸入：「我看見艾密斯團長走向一座長長的吊橋。」

「吊橋？」蕾娜優雅的臉龐陡然變色，急切問道，「那座吊橋是不是搖搖晃晃，下邊是洶湧的流水？」

「你怎麼會知道？」黑狗俊樂寫道。

「我當然知道。」蕾娜看向艾密斯團長，眼波流露出一抹嬌豔，緩緩地説，「那是艾密斯和我第一次相遇的地方。我倆見面的那一刻，就決定要永遠守護對方，廝守到老。」

小希不禁羨慕地説：「好浪漫！真像小説裏的情節。」

「他還説，會讓我永遠開心，可是奈斯圖出生後，我因為不懂得照顧孩子，常常為了奈斯圖的調皮搞得焦頭爛額、情緒不安，他卻從來沒有安慰過我……」

這會兒，艾密斯團長滿臉狐疑，道：「我沒有安慰

過你？為什麼我全不記得了？我們真的是在吊橋上相遇的嗎？」

蕾娜聽見心愛的丈夫如此說，更顯傷心。

小希看着他們倆，突然說：「蕾娜阿姨，請你帶我們去吧！」

蕾娜收起了傷感，問：「去哪裏？」

「當然是去你們相遇的吊橋啊！」小希摸摸黑狗俊樂的頭，說，「俊樂是失物之靈，他看見艾密斯團長出現在那裏，所以，吊橋一定就是關鍵之地！」

「可是，吊橋在我們的世界！」

小希看看黑狗俊樂，說：「我們還是得一塊兒去！」

「那萬一還是變不回來……」

黑狗俊樂嗚嗚兩聲靠向小希，他擔憂小希被牽連，同時也感動於小希不惜涉險的友誼。

「別怕，俊樂。那麼多次考驗我們都撐過去了，這一次，我們也能克服。」小希吸口氣，說，「你一定能恢復原來的樣子！」

黑狗俊樂感到渾身充滿了力量，激動地嗷叫。

「請快點帶我們去！」小希堅定地對蕾娜說。

看着小希和黑狗俊樂堅毅的神情，蕾娜也不繼續推辭，她領着他們走向時空縫隙。

艾密斯團長似乎頗擔憂。他擔心自己去到關鍵之

地仍然什麼都想不起來，可是眼下也沒有其他辦法，只好跟着大夥兒走。

「記住，時空縫隙很快就要關閉。如果你們來不及回來，就必須等到下一次時空縫隙開啟的時刻。」蕾娜説。

小希想起父親的叮囑：「別到處跑了，在家待着。」

如果父親發現她不但跑出去，還一夜未返……小希不敢想下去，趕緊説：「我絕對不能待到下一次開啟的時間。請儘快帶我們去吊橋！」

蕾娜加快腳步，他們來到時空縫隙前，艾密斯團長發現旋渦的顏色沒有暗影，開心地説：「不怕，時空縫隙的旋渦沒有出現暗影，我們應該還有一些時間。」

艾密斯團長領頭躍進旋渦，接着小希、黑狗俊樂、蕾娜依次跳了進去。

黑狗俊樂一掉進旋渦就感到腳底碰着了什麼東西，接着整個人彈了起來，涼颼颼的，腳踩不到底，而後他即因為平衡不到身體而撲向前方。

「快拉住這個！」有個人從空中拋來一條繩子説。

黑狗俊樂咬住了繩子，才穩住身體，又盪往另一個方向。

黑狗俊樂一時抓不緊鬆開嘴，從高空落下。

他嗷叫着碰着地面，再次彈向高空。

在飛向空中的時候，他看到小希已經在前方的吊梯上等着他。

「俊樂，快咬住繩子！」小希要他抓住繩子。

黑狗俊樂全神貫注地看向空中拋過來的繩子，可惜他錯過了繩子，再次墜落，碰着地面又再躍起。

黑狗俊樂在空中揮舞四肢，害怕得閉起了眼睛，但他耳邊又響起小希的聲音：「俊樂，別灰心，再試試！」

黑狗俊樂及時咬住了！這一次，他緊緊地咬着繩子，讓繩子帶着他盪向小希站着的方向。

他來到小希跟前時，小希説：「鬆嘴！」

黑狗俊樂一鬆嘴，立即向前飛彈出去，就在他準備大叫前，某個人穩穩地接住了他。

黑狗俊樂不禁暗呼：安全上壘！

接住黑狗俊樂的，原來是馬戲團的空中飛人傑森！

「歡迎你來到艾密斯馬戲團！」傑森把黑狗俊樂放在地下，對他行了個禮。

「因為我們找到恢復想像力的廚師帽，傑森已經恢復了想像力。現在，他不但能彈跳飛躍，身手還比之前敏捷得多呢！」小希説。

黑狗俊樂驚奇地看向戴着廚師帽的傑森。這位在立

體書中身型勻稱的男子，體態好優雅，樣貌也乾淨帥氣，兩眼烏溜溜的，一副充滿活力的模樣。

「你就是俊樂？有機會必須得讓你試試當空中飛人，你一定會愛上空中飛翔的感覺的！」

黑狗俊樂忙不迭地晃頭，他可不想再感受腳不著底、高空墜落的可怕滋味！

小希和艾密斯團長看著黑狗俊樂懼怕的模樣，不禁都笑了起來。

小希這時似乎想起什麼，從背包內取出立體書翻開最後一頁，但最後一頁的結局並沒有改變！

「為什麼傑森都回到馬戲團了，立體書還是沒有變化？馬戲團還不能重新運作嗎？」

「還缺艾密斯團長。」傑森說。

看來艾密斯團長確實是關鍵人物，他們得儘快趕去吊橋！

他們一行四人匆匆與傑森道別，走出馬戲團的帳篷。

艾密斯團長快快召喚來馬車，大夥兒坐上艾密斯團長的馬車，往目的地——吊橋前進。

一路上，各種新奇的景色和事物接踵而來，比如會流出香噴噴果汁的噴泉，會對人招手的樹，還有許多攤販在售賣著稀奇古怪的玩具和食物。

小希和黑狗俊樂看得目不暇給，嘴巴都沒有機會

合攏，但他們有任務在身，沒辦法停下來細細體會和了解。

「可惜我們有任務在身，要不然就可以看個究竟了！」小希説。

黑狗俊樂也點頭，寫話道：「對呀，我也想下去瞧瞧、見識見識。」

「有機會的。」艾密斯團長突然意味深長地説。

經過了長長的市集，再通過一個小樹林，他們來到羣山環繞的吊橋邊。

黑狗俊樂從馬車上跳下來。

「眼前的景觀，與他腦海中浮現的景觀一模一樣！」他趕緊向小希確認。

「俊樂説就是這座吊橋！」小希對蕾娜及艾密斯團長説。

蕾娜激動地拉起艾密斯團長的手，艾密斯團長被牽拉着往吊橋中央跑去。

蕾娜邊跑邊説：「再往前一點就是我們當年相遇的地方。」

「我還是沒印象。」艾密斯團長説。

蕾娜不放棄地繼續往橋中央奔去，指着前方的木板説：「你看，我們還在那裏做了個印記⋯⋯」

蕾娜未説完，艾密斯團長就一個不小心崴了腳，跌坐在吊橋上。

小希和黑狗俊樂想過去幫忙，才跑幾步，吊橋卻因承受不住重量而斷開一側的繩索！

小希和黑狗俊樂趕緊往回奔，而蕾娜和艾密斯團長則緊緊抓住另一側還支撐着兩人重量的繩索，但此時原本沒有斷開的繩索也慢慢鬆了開來。

「快救我們！」蕾娜朝小希和黑狗俊樂喊道。

小希踏前一步，吊橋卻傾斜更多！她馬上又縮了